バイクとユニコーン

ジョシュ

訳＝見田悠子

はじめて出逢う
世界のおはなし

目次

トラ猫　5
生ける海　35
バイクとユニコーン　87
キメラなど存在しない　111
時のない都市　141
訳者あとがき　189

装画　中村幸子
装幀　塙　浩孝

トラ猫

La gata barcina

全ての「動物界」からファン・レイバ＝ゲラに。
彼らのことではないけれど、着想の源のHとAに。

すっかり更けた夜、空地の茂みの陰で、アルバリンは眠りかけた忠実なチスを脇に従え、父さんの射的銃を手にトラ猫を待ち伏せし、ナルトになりきっている。

茂みは禿げたヤシの木から半歩跳んだところにあって、四歩あるけば大きなパニッシュライムの木がある。ひいおじいちゃんの時代から、ここらへんの子どもたちはこの木のでっかい幹でターザンとゴリラごっこや、空中バージョンのあぶない追いかけっこをしてきた。石とか棒切れとか、どこからきたのか誰も知らない湿気て腐りかけた四枚の古い板を使って、木の陰に「キャンプ基地」を作ったりもする。夏が来るたびに、近くに住んでいる人たちが、家や無駄でしかない花が何千も植えてある庭をこれ以上掃除したくないからって、この木を切ってやろうと襲いかかってくる……けれどもスパニッシュライムの木はここにこうやって、空地の主として堂々と立っているんだ。

この空地は地域一番の金持ちだったグラベス＝デ＝ペラルタ家の邸宅が残した唯一のもので、年寄りたちはいまだって一族について千ものエピソードを語ることができる。横柄でほかに類を見ないほどの人種差別主義者だった一族は、六〇年にカマリオカへ行ってしまって、数年後にサイクロン・フローラがやってきた時に、巨大な邸宅は一気につぶれた。近所の人のなかには破壊活動があったと言う人もいる。左官工事の知識がある人たちは、この家を建てたとき一族はすでに破産しかけていて、材料の質が十分ではなかったのだと見立てた。この件を調査にきた建築家たちは、原因は石灰質で多孔性の土地が最終的に崩れたことで、こんな中心街に空っぽの空間があるのは残念なことだけれど、ここに建物をたてようなどと考えないのが一番だと言った……ものすごい費用をかけて、地盤を強固にするために何十トンものセメントを地下に流しこまないかぎりは。

そんな言葉には耳を貸さず、どこになにを注入するでもなく、次の年には近くのスーパーマーケットの駐車場を作るためにアスファルトがしかれた。でも六ヶ月で舗装はひび割れてバラバラにくずれて、いまはもうタンクローリー一台くらいしか停められない。ということで、建っていた邸宅の崩壊から四十年たったいま、この土地は空っぽのままだ。ここを三方向から囲むアパート（四つめは道路に面している）に住んでいる人たちは、時々ゴミやらなんやらを窓から放りだす。母さんたちは、病気になったりガラスやなんかで切り傷をこしらえたりしないようにって子どもたちに出入りを禁止しているし、野球どころかサッカーをする空間もないけれど、みんなライムの幹に登ったり、キャンプしたり、茂みのなかを走り回るのと同じように、大喜びで瓦礫（がれき）や廃棄物のなかをさぐりまわる。そして時には、ガラス製で腰がくびれた女の人みたいな体つきが特徴の昔のコカコーラの瓶だとか、土がこびりついて時の流れのなかでほとんど石になってしまった、キューバ独立の志士たちの時代に使われたスペインのモーゼル銃の未使用の薬莢（やっきょう）とか、子どもにしかその素晴らしい価値を理解できないようなお宝を発見する。

アルバリンは八歳。年の割には背が高い。真っ黒な髪をほとんど丸刈りにしているのは、どんな櫛（くし）もどんなジェルも歯が立たないから。彼がモーゼル銃の薬莢を見つけた男だ。そして後にそれを、金髪のジャッセルのコカコーラの瓶と取りかえっこすることになる。この瓶は今でもアイーダの居間に花瓶として置いてあるけれど、ジャッセルとスペイン製の薬莢は三ヶ月前にトロントへと行ってしまった。彼の母親のイルサが、五十歳くらいの、死んだ魚みたいに白くて、妊娠してるかのような出腹をしてるけど、製紙工場だかなんだかを持っているというカナダ人と結婚したからだ。つまり、彼は金持ちで、二人はあっちでとっても良い生活をすることになる。寒いけど、白人と金がいっぱいだ。

六歳のとき、ジャッセルとアルバリンは血の契りをかわした。白人と混血、死が二人の絆（きずな）を分かつまで。でも、この地区から離れて暮らすために金持ちで太鼓腹のカナダ人と結婚する母親なんてのは、こういうことがわからないんだ。近所で唯一の同世代だった彼の親友が行ってしまったいま、アルバリンは前みたいに外で遊びたいと思えなくなった。ちびっ子たちとビー玉遊びを楽しむには年を取りすぎているし、かといって、背が高くても、まだ大きい子たちはバスケットの試合に入れてくれないし、彼らと一緒に街角でレゲトンのリズムに乗るにはまだちょっと早すぎる。そんなことしたら頭をはたかれるのが関の山だし、本を読む気にもなれず、テレビでアニメもいい映画もやっていないときには退屈で死ぬしかない……そうそう、でも彼の分かちがたいガードマンであり冒険仲間のチスがいるからまだましだ。

チスは間抜けで不細工な犬だ。頭でっかち、短毛、ひょろ長い足。もう年を取ってほとんどのときは眠っているし、猫じゃないとしたらバカな雌牛みたいにゆったりとしているとはいえ、彼の鋭い牙と、祖先に一匹くらいはドーベルマンかグレートデンなんかがいるんじゃないかと思わせるそのがっちりとした体つきには、敬意を抱かせるものがある。こんな変な名前がついたのは、白い毛並みのうえに、黒いぶちが片目と片耳、太ももの半分にあって、チェス盤みたいだから。で、当時のアルバリンはまだちゃんと言葉を発音できなかったから、「チス」と呼ぶようになり、そのままになったというわけ。

アルバリンが四歳だったとき、すっからかんの台所で厳しい生活を迫られていた時期のある月末のこと、近所の数人が連れ立って、ハバナの森にキジバトかなにかシチューに入れるものを狩りに行った。そのうちひとりが彼の父さんで、その日は二羽の惨めな小鳩とツバメみたいにちっぽけな黒い鳥しか捕れず、羽をむしった後は二口にもならなかった。ちっちゃなアルバリンは際限なく泣き続け（実際は、空腹からというより単なるフラストレーションからだったんだけど）、途方に暮れた父さんはその日みつけた唯一のものを彼に与えた。アルメンダレス川で袋に入って流され、ほとんど溺れていたところを拾った、例の間抜けなちび犬だ。これが効果てきめん。子どもは子犬をみて大喜びし、いつもの射的ゲームすら父さんにせがまなかった。

アルバリンの父さんの射的銃は誰でも見たことあるようなものではなくて、モレーノが持っている弾倉が白いロシアものとはタイプが違う。真ん中から折るやつじゃなく、映画に出てくるマゾルカ銃みたいに、銃身の下にあるスライド式のレバーを引いて弾をこめるやつだし、特別な大きいコップ型の弾は、ロシア型のものより遠くまで飛ぶし威力がある。これはある叔父が残したもので、当時は的を打つものでもおもちゃでもなく、真剣で危険な狩りの道具だったのだ、とアルバリンの父さんは語ったものだった。だから銃はケースにきちんとしまって、ディアボロと呼ばれる大きな射的弾は鋳型といっしょに靴墨の缶に入れられて、アルバリンの手が届かないクローゼットの上にそろって置かれていた。

一度、父さんが彼をベルトで二回打ったことがあった。それは彼が椅子と板で塔を作って、上まで手を伸ばそうとしていることに驚いたからだった。こういうことも、父さんが決して着くことはないヤンキーの国にイカダで向かってしまったある夜までの話だけれど。だって着けたはずがないから。いまだに時どきアイーダが、着いたかもしれないけど、まだ手紙を出したり電話をしたりできないだけだって言い張ったって。彼の面倒を見るためにと一緒にアパートに移ったころ、夜な夜な彼女が泣いていたのをはっきりと聞いていたので、アルバリンは、みんなは溺れてしまったか、映画に出てくるような大きなサメに喰われてしまったかだと知っていて、ときにはそうした夢まで見たものだった。いまはもうそんなことはないけれど。かなり昔の話だし、もうほとんど大人なんだから。時どきアイーダが言うように、彼女は彼のママではないけれど、彼をほとんどひとりで育てあげ、彼をとっても愛していて、彼の産みの母が彼女は売……（アルバリンはいまだに、それがなんなのかアイーダに尋ねることができないけれど、デブに関係した悪口じゃないかと思っている）で、あんなに短いシャツやスカートでブラジャーをしない、と言って毛嫌いしていたって関係なく、父さんもアイーダを愛していた……。そうじゃなかったら、イカダで行っちゃう前にアルバリンを彼女に預けないで、ほかの孤児たちと同じように施設〈祖国の子どもたち〉に送ったんじゃないかな。

　アルバリンも一度そこに行ったことがあるけど、気に入らなかったから、もしアイーダのところに残されなかったら、ひとりでそこらにいるのを選んだはずだ。木や茂みのなかに隠れて住んで、目につく食べられそうなものはなんでも掻っ払って生きていたんだろう。トラ猫がそうしてきたみたいに。

　あのトラ猫がこんなふうに荒々しいのは野生だからだ、ってみんな言っている。この地域に住む他の猫ちゃんたちみたいには手を触れさせないどころか、道端におばあちゃんたちが置いておく残り物も食べないくらい疑り深い。誰かが近づこうものなら素早くどこかの塀に飛び乗るか、狭い柵の間をすり抜けて逃げて、追いつめたりすると、短く黄色い毛を逆立てて倍に膨らんで、ブファッ、爪をむき出して引っ掻きにかかる。犬たちもこいつには一目置いていて、それはこの地区の猫たちが怯える、でっかいチスも例外じゃない。一度チスがトラ猫を追いつめたことがあったけど、そのとき奴はチスの鼻面に飛びかかり、動物病院送りにしたんだ。いまだにチスの鼻の横っちょには引っ掻かれた痕が残っている。

トラ猫は、中庭、バルコニー、屋上から食べ物を盗んだり、ゴミ箱を漁って生きていて、地区の裏道や隠れた場所を知り尽くしている。どこで寝ているのか誰も知らないし、数ヶ月姿を見せないときなんかは、子猫を産んで育てるために超絶隠れているんだとみんな思っている。こんなにも用心深いからこそ、人が猫を狩って「屋根のうさぎ」と称して食べていたほど苦しかった《特別な時代》を生き残った唯一の猫なんだ、とアイーダはその時代にもこの猫を見たって言い張っている。でも、バカなことを、あの猫がそんなに年を取っているはずがないから、いくらなんでもそのトラ猫の子どもなんじゃないか、というのが近所の人たちの意見。実際、今はまた、このあたりに白黒、トラ、三毛の猫たちがあふれている。奴ほど警戒心が強いのも大きいのはほかにはいないけれど。

子だろうと親だろうと問題は、アイーダが窓のそばに置いておいたレバーステーキ二枚を数時間前にトラ猫がさらっていったということで、それと白飯が唯一の食糧だったからアイーダは金切り声をあげ、それからとても悲しそうな様子でアルバリンに、外は物騒で欠陥警官がうじゃうじゃしていて身分証を要求しているから今夜はもう出かけないようにしようと思っていたけれど、あの黄ばんだ半野生の盗人猫のせいで、外出するしかないのだと言った。そして、ものすごくヒールの高い靴と、アルバリンも素敵だと思っている赤くて短いワンピースできれいに身支度をして、出て行くまえに、オブドゥリア通りでユカ粉のピザでも買うようにとお金をくれた。それからおっきなキスをして、彼のことを世界で一番愛しているってことを絶対ぜったい忘れないように、だってアルバリンは同じようにとっても愛していた彼の父さんを思い出させる唯一の存在なんだから、と言った。

アルバリンがあのコソ泥と決着をつけてやろうと決心したのはこのときだった。トラ猫を待ち伏せて、父さんの射的銃でものすごくビビらせてやろう、今夜がいいチャンスだ。アイーダは絶対に帰りが遅いし、五、六本のビールを掲げて、外人をひとり腕にひっかけて、彼が部屋で寝ているかどうかもおかまいなしだろうから。しかも今日は金曜日で、明日は早起きして学校に行ったりしなくていい。ほんとうに彼は大きくなっていて、台の上に乗るだけで、ここ何年もの間ずっと同じ場所にあった射的銃に手が届いた。靴墨の缶に鋳型はあるけれど、ディアボロは十一個しか残っていない……もし父さんがまだいたとしたら、電話線の鉛でもって、いくつか新しい弾を作る頃だと言うに違いない。でもアイーダは、火傷したり火事を起こすのを心配して、まだ彼にコンロを使わせてくれない。だからこれだけでなんとかしなければ。

まだお腹はすいていたけれど、オブドゥリアのピザを一切れ残しておいた。トラ猫は石だって食べるっていうから……。夜闇の中を空地までおりていき、粉とチーズとトマトの餌を、地面から突き出た杭にワイヤーでくくりつけ、父さんが『ターミネーター2』のサラ・コナーみたいに片手で軽々とやっていたのと比べるとものすごい苦労をして弾を込め、射的銃を握りしめて、茂みの陰に身を隠した。あの野蛮なトラ猫、ドロボウのゴロツキ猫が現れるのを待つんだ。

こうしたまままずいぶん時間がたった、もう遅くなったに違いない。少なくとも十時は過ぎている。だって眠くなってきたし、キューバドラマのエンディングテーマまで聞こえた。でも彼は、いつでもどこでもいびきをかき始めるチスみたいに、眠ってしまうことはないのだ。彼は求めるものを待ちつづける。身動きもせずに、闇のなかでナルトみたいに待ち伏せる。

ナルトっていうのは、アルバリンが一番気に入っている日本のアニメにでてくる子どもの忍者だ。アイーダがビデオレンタルの商売をしていた数ヶ月のこと、彼は外へ遊びに出もしなかった。次から次へとビデオをまわし、ツンツン頭の金髪っ子とその友だちの、魔法の力を持った忍者たちの冒険を見て過ごしていたんだ。ポケモンやデジモンの録画もたくさんあったけれど、それはもっと小さな子ども向けで……ほかのアニメは、彼は見ないことになっている。ポルノみたいなので、ヘンタイというやつだ。

あのころはよかった。お金もあったし、アイーダは彼に服や靴を買ってくれたし、ラピドのアイスを持って帰ったことまであった。それも今みたいに、デブでハゲの中年外人を探しに毎夜でかける必要もなく。反対に、ビデオをコピーしたり、アニメを一緒に見たり笑い合ったりしながら、ほとんどいつも彼と一緒にいた。アイーダだってそんなに年くっているわけじゃない。たった二十五歳だし、彼女が言うには、生まれたところ、西の方のテレビさえないアルト・ソンゴというところの、パンダのまえで何時間も過ごすのが一番好きなんだ。だけども、誰かが的の真ん中に命中させたときなんかにモレーノが言うように、良いことっていうのは続かないものだ。あの我慢ならない管轄長が、海賊版ビデオレンタル屋を一斉摘発して、まだたくさんカセットが残っているのに借りに来る人がいなくなって、新しいものを録画する意味もなくなってしまって、アルバリンは持っているかぎりの『ナルト』をほとんど丸暗記してしまった。

今はここらでもアンテナを持っている子がたくさんいて、たまには家でアニメを見ないかって誘ってくれることもある。実をいうと、そんなことはほとんどない。親が、アイーダの短くてぴったりした服とか夜の外出を問題にするらしい。そういう時にはエピソードくらいは話してくれるけれど、見るのとは違う。もしも、せめて、ビデオに録画してくれたら……でもそれもだめなんだ。みんなが持っているのはＤＶＤなうえに、録画機能がない。どっちにしろ、アイーダはＶＨＳで我慢しないとだめだっていう。彼女はテレビを見る暇もないのに、ＤＶＤを買う意味なんてない、どうせ使わないんだからって……。

黄色い稲妻が空地を走り、ピザの切れ端にむしゃぶりついたが、ワイヤーは持ちこたえた。アルバリンは焦りつつも、人間の脳を持った象が主役のコミック『ホイティ・トイティ』の言葉を思い出し、怖い思いをさせてやろうと、銃の照準を慎重に猫の耳元に合わせた。一発目が鳴って痛みを感じたら逃げていってしまうから、二度目はないぞ、**パン**。

チスが吠えながら飛びおき、アルバリンは衝撃で仰向けにひっくり返りそうになった。もう彼は、射的銃がこんなに大きな音を発するということを忘れていた。弾がそれたとしても、轟音は憎きトラ猫をびっくり仰天させたはず……。

だとしたら、なんでそこに伸びているんだ？　アルバリンは、驚きすぎて心筋梗塞を起こしたのかもしれないと考えた。猫が心臓病を患うなんて聞いたことはなかったけど。念のためにもう一発弾を込めてから（今度はもっと楽にできた）、ピザのそばに横たわった黄色い猫に近づいた……ずる賢い奴だって知ってるぞ、死んだふりをしているのかもしれないな、何年か前に間抜けなチスがやられたみたいに、飛びかかられて引っ掻き傷をつくったりしないぞ。

アルバリンがなにかしらの罠に備えて、用心に用心を重ねながら茂みから出て行くと、もう白黒の大犬は猫のそばでにおいを嗅いでいる。けど、吠えかかってはいない。ずいぶんうまく化かすもんだ！　ぴくりともしない。チスが鼻面で押しているっていうのに……。今なら触っても平気かな？

用心深く、右手に射的銃を持ったまま、アルバリンは左手を伸ばし、黄みがかった脇腹にさっと触れる。やわらかくて、生温かい。気を落ちつけて、なでる。野良だなんてもったいないな、もう老いぼれている犬と一緒にこんな猫を飼うのは素敵だろうな……。

突然恐怖が身を走る。これはもしかして……？　しっぽをつかんで引き寄せてもトラ猫は動かない。射的銃の台尻でつついても動かない……。ついにひっくり返すと、耳から流れる血と、飛び出した目が見え、アルバリンはのけぞった。叫び声が漏れそうになったけれど、射的銃が地面にすべりおちるのもかまわずに、両手で口をぎゅっと押さえつけた。せめてもの救いは映画みたいに暴発しなかったこと。

ありえない。射的銃で猫は殺せないってのは誰だって知っているんだから。足で猫を強く押してみるが、動かない。そう。どうやら……。殺したみたい。

アルバリンは座り込み、考え込んで、胸に大きなしこりを抱え込んで泣きだしたかったけれど、泣かない。

あのトラ猫を、殺してしまった。

アイーダは満足するはず、台所からレバーステーキを盗まれるようなことはもうないんだから。でも……。

でももし彼がこの猫を殺したんだったら、殺人者ってこと!?

そんなこと考えたくもない。きっと気絶しているだけで、そこに放っておけばいますぐにでも逃げていく、ちょっとたてば、目を覚まし、起きあがって、よろめきながらもどこかの隠れ家に向かい、傷をなめる。

でも、あの飛び出した目……。

アルバリンは殺しはしたくなかった。殺すのは悪い奴らがすることで、善い奴は、驚かせるだけか、正義のさばきにかけるために悪い奴を捕まえるのだ。ナルトとかバットマンみたいに……。

理由はわからないまま、死んだ猫の長くて固いしっぽの先をつかんで、揺れたり血が飛んだりしないように気をつけながら腕をピンと伸ばして運び、空地から出て、足にまとわりつくチスと共に、家まで階段をのぼる。

もし死んでいなければ、たぶんすこし水をやると生気をとりもどすだろう。それか、アイーダなら、どうしたら良いか知っているはずだ。だってアイーダはいつでもなんでも解決できるんだから。もし死んでいたら、空地のライムの木のそばの一番地面が柔らかいところに埋められるようにって、靴箱をとりだしてくれるにちがいない。野良猫だといっても、そのくらいには値するんだから……。

偶然のタイミング。アイーダが扉を開けようとしている。一人で。ビールを飲むといつものことだけど、どの鍵かよくわからないから鍵穴に全部の鍵をひとつずつあてなきゃならなくて手間取っている。アルバリンのほうを見ずに、肩越しに、もつれ気味の舌で……。「あぁ、あんたなの、帰ってきてくれてよかったわ……最悪の夜よ、あたしがビールに五ペソも出したのに、あっちは鼻くそほども払わなかったのよ。その上、家に入ってあんたが部屋にいないってことになったら本気で心配になるわよ、まぁ、その犬といつも一緒にいるってのは安心だけど。でもなんて夜だろうね、あたしのかわいい子……。すぐにはお腹がすかなかったの？　誰かの家にアニメでも見に行ったの……？」

扉が開き、チスに跳ねとばされないように体を横向きにして入ろうとして、アイーダは気がつく。ふさふさで黄色のトラ猫が、もう疲れはじめて体にくっつきそうになっているアルバリンの腕からぶら下がっている。

「まぁ、その猫、びっくりしたじゃない。チスが殺したの？　あんたが見つけたの？　あらまぁ、でもそれがあのクソ猫だったら幸いね。もう食べ物を盗まないだろうし。でも、何で持ってきたの？」

「チスが殺したんでも、僕が見つけたんでもないよ」アルバリンは言う。彼女の顔を見ることができない。「あのね、こいつがステーキをさらっていったから、出かけなきゃいけなくなったでしょ。殺すつもりはなかったんだ。驚かせようと思って……。」小さな声で、嘘はなしで。だってアイーダはいつだって空気を嗅ぎわけるんだから。

今もそうだ。射的銃を見ると、深い息をして、ハイヒールを足で脱ぎさり、彼を抱きしめるためにかがみこみながら、ほとんど撫でるようにして、まずはその武器を、それから猫を、両手からとりあげる。そして彼をじっと見つめる。とても真剣に。

アルバリンは緊張する。さあ叱られるか怒鳴られるか、なんであろうと……でもどんなことだろうと、こうして待つよりはましだ。

けれどもアイーダは、泣きも叫びもせず、ただ立ち上がり、息を吸って、言う。

「なるほどね、なにができるか考えてみましょ、あたしのかわいい子。」

アルバリンは、遠くに希望のほのかな閃きを見つつも、言いつのる。

「でも、アイーダ、もし死んじゃってたら……。」

「猫は死んだの。でもあのトラじゃないの。」アイーダはくすぐる時にいつもするように、片目をつぶってみせてる。「猫の中に、一匹のトラがいて、その飛跳ねている黄色い毛の小さなボールが逃げ出す機会を待っているの。だから、あたしのおばあちゃんが教えてくれたちょっとしたおまじないで、そのトラが今夜元気をとりもどして、朝には勝手に飛びだしていくように、やってみましょう。」

「でも、アイーダ」アルバリンはまだ疑っている。「おまじない？　もしおまじないが人を生き返らせられるなら……。」

「人は無理よ、でも動物ならできるの。」断言したアイーダは、すでに黄色い毛に覆われた死体を居間の真ん中にすえて、まわりの床に口紅で奇妙な文様をかいている。で、興味津々のチスがそこらじゅうを嗅ぎまわっているので、ついに彼女が「ちょっと、この子を外につないできて、集中できないのよ。ここは間違いがあっちゃいけないんだから。あぁ、それから、ついでにタンスからサンテーロ〔呪術〕の瓶を取ってきてね、あたしのかわいい子、それから葉巻も一本。」と頼んだ。

アルバリンは、まだ信じてよいのか笑えばよいのかわからないまま、チスをつなぎ、アイーダに言われたものを持ってきて、居間の肘掛け椅子に座って、全てを見ようと目をまんまるにする。

なぜって。突然、アイーダは別人みたいになり、髪を振り乱し、体を傾けて、オチュン、オルーラ、オバタラとかシャンゴーとか、妙な言葉をつぶやきながら、サンテーロ用の酒をそのつど口に含んでは硬直した猫に吐きかけ、でっかい葉巻を大口で吸っては煙を吹きかけながら、周囲を踊り回っている。

最後には疲れはてて床に崩れおち、ハンドバックをつかんで中国製のクリームの小瓶を取り出す。アイーダにとってはミントの香油がまさに万能薬なんだ。偏頭痛がある時はこめかみに塗りこみ、背中が痛む時はこれでこすり、紅茶にエキゾチックな味を付けるためにも使う……アルバリンの予想では、他にもいろいろとおかしなことに使っている。例えば時々、外人なんかを連れ帰った時には、次の日の彼女のシーツは中国製クリームの香りがぷんぷんする。

今は猫の飛び出した目にクリームを塗り、それから毛布でくるんでいる。そして十区画くらい走ってきたみたいに喘ぎながら立ちあがる。

「オーケーよ、あたしのかわいい子。」確信を持って言う。アルバリンには動きそうにも思えず、前と変わらず死んでいるように見えるけれど。彼女は彼の視線に気づき、笑う。「あせらないの、あたしのかわいい子。おまじないが効くまでには時間がかかるのよ。だからトラ猫はよくくるんでおいて、いまは寝ましょう。明日になったら、毛だけを残して、トラは逃げ去っているんじゃないかしら。」

そして、アイーダはアルバリンの髪をくしゃくしゃになで、たくさんのキスをする。アルバリンはあまりにたくさんの感情と驚きに疲れはてて、ベッドに行ってパジャマに着替えたとたん丸太のように眠り込んだので、そんなことを知る由もないけれど。

彼が覚えているのは、夜じゅう悪夢をみていたこと。彼をまる飲みするために墓から蘇ってきた大群の猫のゾンビや、彼の目玉を引っこ抜きにきたチスよりずっと大きな猫とか。それからここのところ見たことのないような夢。イカダに乗った父さんをサメたちが平らげる。虎みたいなサメやトラ猫みたいなサメ、黄色でギラギラ光る目、たくさんの歯、ヒレ、水しぶき、獰猛（どうもう）なサメたちは、乗っている人たちもろともイカダを喰い散らかしながら、しまいには互いに目玉をくりぬき始める……。

目が覚めたときは汗びっしょりで、もう十一時。一瞬授業に遅れたかと思ったけど、今日は土曜日だと思いだす。だって昨日は金曜で、あの猫がステーキを盗んで、アイーダが泣いて、街に出かけて、彼はあのトラをやっつけようと決心して……。

で、殺した。

でもアイーダがなにかした。彼女がうまくいくって言ってた何かを。てことは、もう猫はいないかもしれないけど、トラはいて……。

アルバリンはパジャマ姿のまま裸足で居間の中央に走る。そう、そこには口紅で書いたマークが床にあり、毛布の包みがある……。

けど、からっぽだ。

アルバリンは包みを開いて納得がいくまでよく確認する。トラ猫は跡形もなく、黄色い毛だけ、たくさんの飛びちった毛だけ。

うまくいったみたいだ。

ということは、彼は殺人者じゃない。

でも普通は、死んだ人は永遠に死ぬのであって生き返らないっていうけど……。

喜んで、でも考えこみながら、チスの調子はずれな吠え声を間(あい)の手にアイーダが鼻歌を歌うキッチンに行きつく。

「アイーダ、あの猫……。」言いかけると、彼女はパンティーとブラジャー姿に夜のメイクのままで、言い終える暇も、もっと質問する隙も与えずに、再びたくさんのキスをする。

「あの猫は死んだの。でもあのトラは、今朝飛びでていったわよ。」とても真面目な様子で言う。

「見れたらよかったのにね、とっても小さかったのよ。真っ黄色で、長いしっぽがあって、大きな目で、足は短かったの。チスがにおいを嗅いだら背中からひっくり返って、捕まりそうになったもんだから家じゅうを走りまわって……最後には窓から逃げたんだけど、すごいちゃっかりした奴で、あんたの朝ご飯にって作っておいた目玉焼きをとっていったわ。それにしても、この犬はどんどん年取って間抜けになっていくわね、生まれたてのトラさえも捕まえられないんだから。」半メートルも舌を出しているチスを見て、笑う。

「もしずっとこんな風だったら、そのうち食べちゃわないとならないわね。でも今はいいわ……昨日の外人、家には来たがらなかったけど、何ドルかくれたから、もうお昼ご飯のために買い物をしてきたのよ。」

「ありがとう、ママ。ねえ、何を煮てるの？」アルバリンはとっても嬉しくて、ほっとして、もうお腹が減ってちくちくして、シチューを覗きこもうとする。

「おばかさん、火傷しないようにね。」アイーダは彼をひきとめて髪をなで、それから目に涙をためながら、彼をじっと見つめて、尋ねた。とっても小さな声で。「ねえ、いまなんてあたしを呼んだ？」

「ママ。」アルバリンは言い、顔が真っ赤になったのに気がついてうつむき、鍋に向きなおった。「お肉みたいだ……。」

「お肉よ、あたしのかわいい子。」アイーダはもう何にもかまわず泣いている。

「とっても愛してるわ、今日はウサギのシチューにしましょうね……。」

二〇〇七年九月十二日

生ける海

Mar vivo

趣味の釣り人、養父ロベルト・キンテーロに。
偉大なる青への畏敬と愛情を教えてくれたから。

太陽がセバスチアンのまぶたを焦がす。目を開けるまでもなく、夜明けなどとっくの前のことだとわかる。体が痛む。顔を洗うと塩水が目を焼く。ほんの一口のコーヒーでもあれば天国なのに。

朝飯として、二本目の二リットルのペットボトルから軽くひと飲みする。一本目は昨日空けた。あと一リットル半残っている。節約しないと。水は足りるだろうが、海では何が起こるかわからない。

周囲を見回す。水平線全体の波うつ円のなか、唯一青でない点がこの白い帆を張ったオレンジ色のボートだ。上からみれば美しいコントラストに違いない。彼の胃の虚空（こくう）はコントラストのことなど考えない。食料を前に逡巡（しゅんじゅん）する。スパム？しょっぱすぎる。なにかもっと喉が渇かないものがいい。渇きよりは空腹に耐えるほうがましだ。〈筏の〈コンチキ号〉で航海した〉トール・ヘイエルダールや〈ほとんど食料を持たずに単独航海をした〉ボンバルド博士という、大洋をボートで渡るエキスパートたちがそう言っていた。
プルオーバーを忍者風に頭へ巻きつけ、目だけが出るようにする。臭うが顔じゅうの皮膚を失うよりはましだ。シャツ一枚が彼の体を守る。両手が脱皮しそうだ。五月の太陽はもう冗談じゃすまされない。方位磁石を合わせる。方向よし。船舵、安定した風、メキシコ湾流もうまくかみ合っている。クロノメーターも六分儀もなく、自分の位置を確かめようもない。だいたいそれらの使い方も知らない。結局、誰も何も完璧なものなどないのだ。

帆も方位磁石も舵もなかったとしたらどうなるか想像する……。メキシコ湾流、ヘミングウェイの偉大なる青き流れに、無情にも北へ北へと運ばれる。サルガッソーの海。尽きかける水と食べ物、サメたち……。

「くそっ……。」灰青の背びれがボートのすぐ後ろになめらかに浮かびあがり彼を驚かせた。噂をすれば……。でかいホホジロザメやイタチザメの背ではなく、かなり小さい。でも衝撃的だ。水族館の一番グータラなネコザメだってひと嚙みでこのボートを飲みこめるのだ。

奴らの腸からはあらゆる類のものがみつかっている。棒、プラスチックのかけら、石、金属の破片……。内臓のらせん状のひだは、生物の授業の記憶では、消化の機能と、そのスピードを増す。で、記憶も新しいうちにウンコになる、と。ずいぶんなときにこんな詳細を思いだすもんだ。背びれ一号に二つが加わる。少しして一つが前へ移り、ボートの円周を苦もなく見つけだす。セバスチアンは催眠術にかかったように、その軟骨魚類の紡錘形で力強い肉体をみつめる。はじめて、波と牙、風と孤独を前にした人間のか弱さについての包括的な意識を持つにいたる。

偉大な航海者たち、なににぶち当たるかもわからぬ大洋を横断中の、マゼランやキャプテン・クックについて考える。そうして男であることに誇りを感じる。そして孤独を。ずいぶんな孤独、偉大なる青のただなかで。

でもそのほうがいい。もしいま国境警備隊が現れたら、なんて言うんだ？　真実？　あるジョークが頭に浮かぶ。男がしゃべるカエルをつかまえ、面倒をみてかわいがり、ついにその両生類が好意にこたえて、すばらしく美しい姫の姿を彼に明かす。それも全裸の……とそこにそいつの妻が入ってくる。「パパ、なにがおこっているの？　その金髪女はだれ？」そこで彼は話しはじめる。すでに全てをあきらめて。「信じられないかもしれないけど……。」

違う光景も目に浮かぶ。国境警備隊の船は、すぐ脇にいるのに彼を無視していて、アメリカ湾岸警備隊のシルエットが遠くに見える。〔民衆の象徴でもあるナタの〕マチェテを噛みしめヤケっぱちの人たちが乗ったボートの大群が、彼にむかって押しよせる。水中の人、背びれ、牙、血……。巨大な、青い、開かれた、民主的な、つまりは、海。一九九四年の八月。

現在は九八年の五月で大バカ者だけが、いまさらボートで漕ぎだす。ナッソーかキーウエストについたら、軍事協定により送還される。どんな類の報いもなく。少なくともそういわれている。

けれども彼の状況はボートピープルとは異なるのだ。セバスチアンは反体制派でも亡命者でもない。ただハバナへ、単独航海者という栄光に包まれて到着しただけだ。ラウラが彼を選び、彼をベッドに招き入れてくれるように。

だがサメたちはそんなことを知る由もなく、強者の余裕で忍耐強く追いかけてくる。セバスチアンは奴らから目を離せない。そしてなぜこんなことになったのかと自問せずにはいられない。答えはわかっていようとも。

すべてはラウラから始まった……。

＊＊＊

十七歳の少年たちにとってセックスはとても重要なことだ。相対性理論やクォークとブラックホールの定義を理解するよりも。歴史や詩よりももっと、大いに期待できるミステリーで、いまのところ実践はマスターベーションにとどまっている（一日に三回か四回、手とポルノ雑誌か純粋なイマジネーションを使って）。それは**すでに**ものすごい快楽をもたらす。人が言うには、そんなのは食欲をそそる女子のシンボルとの本物の交接の十分の一にも満たないらしいけど。頭からっぽな雌、セクシーギャル、カノジョ、アノ娘（コ）、太もも、かわいこちゃん。十七歳の男にとって、コンスタントにヤルことはほとんどヒーローになるということで、一度もヤったことがないというのは、自動的に間抜けに分類される。

　からかわれないために、彼は大親友のトロルやアレハンドロのストーリーを自分バージョンにして〔ヴェネツィアの色男〕カサノヴァよりも経験豊富なふりをする。教室の女の子たちをラテン男の顔で見回して。イケてる男たちが一服しに出るときには一緒に廊下で大きな笑い声をあげる。自分は吸わないけれど。

　自分自身に対しての言い訳として役立っているのは、美しさ、可愛さ、知性という初めての人の条件がそろっている女子がいないということだ。ロマンチックな、忘れ難い、その初めてのためには。

ラウラが現れるまで。

金髪で青い目、優しげな口元に人魚の体。ヘミングウェイや、Y・I・ペレルマンの「相対性理論」シリーズを読み、ランボオやウィッチー・ノグエラの詩を解するし、バレーボールやバスケットボールをやらせたらチャンピオンだ。

ラウラは実際、すべての条件を併せ持つ。そしてそれ以上のものも……。

悪いことには、そのことには他の奴らも気がつくってこと。そしてもしそれが、よりによって、自分の大親友で「鷹のマヌエル」こと高校じゅうのあこがれの的だとしたらちょっとした問題を抱えることになる。

アレハンドロは「パパ（というかママ）の可愛い子」だけどいい奴だ。友達としては最高だったけれど、ラウラが存在するいまとなっては彼の母親がユニセフで働きだしたことを呪わずにはいられない。ミラマルにある奴の家、パンパンの財布、ビデオ、米国製のテレビゲーム、マルチメディア付ペンティアム搭載パソコン、ザネッタのバイク、母親の車を運転する許可は、今となってはセバスチアンにとってのメリットではない。むしろ奴を憎む（ドルみたいに）重々しい理由となる。

トロルは経済的にはセバスチアンと同じかそれ以下だ。それにスポーツマンという条件、五インチの腕、長髪（ここからあだ名がついた）、デスやドゥームメタルを聴くクソッたれのロックンローラーとしての評判がついてくる。それから、他に類をみないほど酔っ払い、タバコも（アレハンドロとその牧草地のおかげで草までも）やる。

女の子たちはあっちかこっちの餌食になっている。つまり、物質主義者か反逆者だってことだ。彼はべつに負け犬ではない。というのもそんな誘惑のゲームには参加しようとも思わなかったから。

なぜなら彼女たちはラウラじゃなかったから。

♪ラウラはいない／ラウラは行ってしまった／彼女は人生から消えた♪〔流行歌の

一節〕……

なんとかしなきゃ。いまも近くにはいないとしても、お前の人生から消えて奴らの人生に入っていくのを指をくわえて見ているなんて。

というのも、ラウラはアレハンドロの誘いを断らないのだ。屋台に食いに行こうとか（彼は最悪の事態を想像して身震いする）週末にバラデロに行こうとか。だけれども告白に対しては、ほほ笑みながら、友達でいたほうがいいと断る。ラウラってのはそういう子なんだ。

というのも、ラウラはトロルとリバウンド&ゴールを校庭で楽しそうにプレーする。アゴニセルのライブで髪をふり乱したりカール・マルクス劇場のロッククラブで汗を流す（彼が思うに、こうやって女の子たちはオチる）。でもアルコールがトロルの口からべたべたの甘口をたれ流しはじめると、ラウラは笑い、まったく酔っ払っちゃって、友達でいたほうがいいわよ、と。ラウラってのはそういう子なんだ。

というのも、ラウラはフランス映画週間で見た、『ミクロコスモス』というドキュメンタリーに感動して、夜が明けるまで公園でオゾンホールが突然変異のパーセンテージをあげる可能性や地球外生命体とのファーストコンタクトはどのようなものであるか議論する。〔ボードレールの〕『悪の華』と〔ランボオの〕『地獄の季節』を交換しあう。でももう千回も練られた言葉は彼の口からは出ない。なぜなら、友情を引き合いに出した否定的な答えが目に見えているから。三本脚の机が転ぶことはないっていうし……。

　仲間たちの関係は冷え切ってパラノイアになっている。彼がラウラを詩の朗読会に誘うと、偶然トロルが現れる。詩を忌み嫌っている奴が。アレハンドロが自分の家でホラー映画を見ようと提案すると、じんましんが出るようなものでも彼は行かずにはいられない。トロルがコンバット・ノイズのライブに彼女を連れていくと、アレハンドロがデスメタル嫌いのくせにちょうど通りかかって入る気になる……。そんなことが、彼女が海色の目をいつになく真剣にしキャンプに行こうと誘ったときまでつづいた。口に出しはしないが、全員が「キャンプ」という名詞の背後に「決定づける」という修飾語を読み取ったのだ。

ラウラは適当にキューバの地図を指さす。カジョ・ギジェルモ。カジョ・ココほどの観光地でもなく（でもドルを持ってこいよ、アレハンドロ）きれいなサンゴ礁があり（シュノーケルとフィンを忘れずに）蚊（虫よけを持っていない奴にとっては最悪の）、そしてなによりもほとんど手つかずの自然（紐（ひも）のショーツをつけた、もしくは脱いだラウラの彫像のような体を拝む可能性を秘めた人里離れたところ。もし彼が《**選ばれし者**》じゃなかったとしても、残念賞として）がある。

計画はすべてたてた。モロンが近く、そこのほうが食べ物が安い。トロルはヒッチハイクで行こうと主張したけど、アレハンドロのママの耳に入り……ハイチのボートピープル問題のときに国連難民対策担当者から贈られた、インフレータブルカタマランボートを提供してくれた（なんて聖女だ）。そしてボートが重いので、車も。それならキャンプ用のテントも楽に運べるし、カジョ・ギジェルモまで一日こっきりでつけるし、あんたたちもあんまり授業さぼらなくて済むでしょ……。

出発の朝、トロルが遅れている。彼はアレハンドロの目を見る。B・L・(ラウラ以前)期のごとく通じ合う。同じことを考えている。でも最後の瞬間に、例の奴は腕を石膏でガチガチに固めてやってきた。サッカー中の転倒。だがこのキャンプはいかなることがあろうとも落とすことはできない。ほんとにこういうやたらな粘り強さに、時どき辟易させられる。

長い道程。アレハンドロとラウラがかわりばんこにハンドルを握り親近性が育まれ、彼とトロルを猜疑心のこもった見張り仲間とさせた。海上道路沿いには、マタンサス、ホベジャーノス、サンタ・クララへの入口、プラセタス(ガソリンスタンドでトイレとホットドッグのために降りる)、カバイグアン、サンクティ・スピリトゥス、シエゴ・デ・アビラ、モロン……。ついには書類検査所、そして空と水の間、カジョ・ココに通じる十七キロにおよぶ工学技術の巨大作品をすっとばす。（ハバナきっての歴史学者で建築家）エウセビオ・レアルになったつもりで、彼は海上道路の功罪を説明していく。環境破壊の危険性に対する、技術不足による暴力的な力技、などなど。耳を傾けるラウラの様子（とアレハンドロとトロルの視線）に、彼は失われた領土の一部を回復したように感じる。

　超高級（アレハンドロのママによると）ホテルのハルディネス・デ・カジョ・ココを過ぎ去り、もっと小さいカジョ・ギジェルモホテルを迂回するため、違う海上道路を横切る。アレハンドロとトロルはこのあたりに詳しそうなそぶりを見せはじめる。ひとりが、ミシシッピの大型船とマナウスのピロティつき家屋が組み合わさった華麗なフロタンテホテルの近くでテントを張ろうという。もうひとりは、近くのキャンプ場でもっと「キューバっぽく」だとかピラルビーチを挙げ、さらにはカジョ・メディア・ルナビーチの極上の砂の上がいいと強く主張する。結局これに決まった。

トロルは片手兵士の能力を発揮して数分でテントを張る。彼はラウラと一緒にボートをタイヤ用の空気入れでふくらまそうと頑張った（半分くらいしかできなかった。トロルの筋肉がなかったから）。アレハンドロはホテルまで車で行き、水、つまみ類、ジュース、そして夜を陽気にさせる二本のムラータ印のラム酒を手に帰る。

まるまるとしたお尻をかたどるほっそい紐のショーツをつけた神々しいラウラ。そして、彼女はこの人里離れた雰囲気にその完璧な胸を光にさらす気になる。彼は仲間内のねたみそねみも消し去るような耽溺（たんでき）に身をゆだねた……。が、なにも起こらない。ラウラが三人の前で奔放であればあるほど、だれにとっても触れがたい存在となる。その夜、彼女は車で眠る。テントには彼女がくりだすジョークもコメントもなく、ひっそりとしている。弾まぬ会話が秘められたライバル心を醸しだす。

悪夢の夜。札束でできたスーツに身を包んだアレハンドロが、最高入札者としてラウラを手にいれる。棘（とげ）だらけの石膏で固められた腕で負けなしのトロルが、彼女を賞品として勝ち取る剣闘場。そこには〔人気のテレビ番組〕『エスクリーバ・イ・レア』の知的論争や『パルマス・イ・カーニャス』の即興詩の戦いで彼が大成功をおさめる夢などありもしなかった。

夢が現実になることなどほとんどない。では悪夢は？

朝がきて、ラウラは水中メガネにシュノーケルでサンゴ礁の間を泳ぎまわった。石膏をまるで気にせず水浸しにするトロルに先導されて。彼は背後で不格好な犬かきをし、なぜに少年時代からこんなにも海に恐怖を感じていたのか自問している。

ラウラはその夜、フロタンテホテルのクラブでアレハンドロとはしゃぎ、カジノはからきしのトロルが見張り役となる。彼は疲れきっていたし、一通りのステップ以外は学ばずにここまで来たので、キャンプ地で留守番をしながら、彼を完全に締めだそうとする二国間協定についてパラノイックに考えつづけた。
ラウラは炎の前で（トロルが掲げた松明のもと）シルビオの歌を歌う。彼はその歌詞を暗記してはいるが、音程を合わせる声をもっていない。彼女の声はかすれつつもよく響き、アレハンドロのうまくもないギターをバックに砂浜に魔法をかける。拍手をせざるをえない。憤激と、すでにレースの外に締めだされたという思いを胸に。

二日目、ビーチバレーをする。彼はラウラと同じチームでアレハンドロとトロルと対戦することになり、幸せ。彼女は上手なのに、気をつければ気をつけるほど頻繁におかす彼のエラーのせいでチームは常に負け。

夜。チャンスを逃した。ラウラはほかの二人と焚火の前で酒を回し飲みしている。彼と砂浜に寝ころんで星をながめ、ベテルギウスから光線が届くまでの時間についてだとか、あちらには生命があるのかとか、我われ地球人についてなにを知っているだろうかなどと語り合うかわりに。孤独な彼のテーマはおのずと、理解してくれる女性がいない男の寂しさについてへと移り変わっていく……。

　三日目、みんなでボートに乗ったとき、事態は動いた。不意のことだ。だって彼自身、あの小さなインフレータブルカタマランの舵を、帆を、あんなにもうまく操れるなんて夢にも思わなかったから。風に乗って矢のようにすべらせ、巧みにジグザグと風に向かって走らせる。一日中、太陽に向かってサンゴ礁の間を走らせていられればいいのに。ラウラの前でいい格好できるように。でもそんなに船に乗っていたらラウラだって飽きるし、ほかに何千とやることはある。泳ぐ、バレーボールをする、ギターを弾く、クラブで踊る。ラウラってのはそういう子なんだ。

　その夜、彼は飲み、明日の試合について考え、またいままでの試合、金と優しさだとかロックと筋肉の前に敗れたと思われる試合について考えた。けれど海は喉を鳴らし、会話は船乗り、海賊、財宝で織りなされ、残念な話は忘れてしまう。いきおいこんで、〔海峡にも名を残す〕ヴィトゥス・ベーリングについて、〔伝説の幽霊船の船長〕

さまよえるオランダ人について、話す。ディエゴ・グリージョというキューバの海賊についても。トロルはすでにべろべろに酔って、そいつはラッキーなだけの未熟な船乗りだと主張する。大笑い。アレハンドロは、コロンブスが一番だと。ひとりがろれつの回らない舌で、たった一隻の小舟で大洋に挑むなんてどのくらいの狂気の沙汰か論をくりだす。もうひとりが、気が違ったって自分はそんな風に海には出ないだろうと……。

その時ラウラが、静かな声で語りだした。彼女の父親と二人の叔父は九一年にトラクターのチューブに乗って行ってしまった。父親は狂ってなんかいなかった。アンゴラから三つの勲章をつけて帰還したのよ。九一年は九四年と違って、十二海里のヤンキーと国境警備隊の見張りなどなく、ちょっとした散歩みたいなもんだったし。片目でサメたちを、もう片方でほかの船を気にしつつ、包みこむ静寂の夜に出る……。

話しつづけるラウラの両目は感情の高ぶりにきらめいている。彼はそれを見て、一口飲むと、問題は厳密な計画を立てるかどうかだと発言する。夜は航海がしやすいんだ……。そして恐ろしい小悪魔が彼の口を使って大それた放言をする。やってやろうか? だれだってできるさ。まぁ三日だな、カジョ・ギジェルモ湾からハバナには……。

やってしまった。揚げ足を取られる。バカにされつつ(「やめろよ、アホなこと言うな」とトロル、そして「カタマランをだめにしたら、マジでお前をハワイまで捜しに行って殺すぞ」とアレハンドロ)彼はよろめきながらボートへ行き、使えそうなものを積む。太陽から身を守るための服、食料、水、マチェテ、方位磁石、合図を送るために懐中電灯……。

ラウラは、もっと節度があり、彼を思いとどまらせようと頑張る。あのかすれ声で。彼女の理性的態度の陰に、彼は男の度胸に対する女の羨望を読み取る。後には引けない。アレハンドロは手をたたき、気をつけの姿勢で『ゴッド・セイブ・ザ・クイーン』を歌う。調子っぱずれ。トロルは彼に抱きつき、半分ほど残ったラム酒のビンを差しだす。「スゲー太陽とスゲー水にうんざりした時のためだ、ブラザー。ちょっとした隠し味をくわえておいたぜ。今夜のためだったけど、お前のほうが必要になるだろうからさ。」

彼は〔イギリスの海賊提督〕ドレイクやホーキンスのように胸を張り、ラウラにキスする。いつになく口の近くに（キマッたようだな。よっしゃ！）。古いフレーズを使ってジョークをとばす。「アディダスやリーボックはいかが？」ひと漕ぎすれば液体状の闇に溶け、焚火も身を縮めて光る点となり、それから無になる。

夜明けに、酔いもさめて、彼は自分を生んだ母親もふくめすべての母親を呪った（ラウラの母親は別だ）。愚かな行為だ。自殺するようなものだ。理性は引き返すよう命令する。だがすでに、アホ面さげて戻るには遠くに来すぎている。そして今は十七歳という、すべてをかけて一枚のカードを切るにはちょうど良い年頃なのだ……。

前進あるのみ。カジョ・ギジェルモ―ハバナ、三日間。不可能ではないだろう。ほんのちょっと難しいだけ。

＊＊＊

セバスチアンは、ラウラの父親と叔父たちも九一年にこんなに巨大な波の群れを見たのだろうかと自問する。真昼の、カンカン照りの、水平線上に雨雲もないのに。聞いたことはある。オーシャンスウェルだ。海底地震や遠く離れた嵐が、リモートコントロールのようにしてこういう波を作りだす。

それからすぐに、波頭をせり上げているのは自分の胃袋であることを感じとる。酔ったみたいだ。マストにしがみつき、あのスパムを食べなかったのは上出来だと考える。今ごろ吐……

グァッグ。スプァッム！　ブヘハッブハッ

……いているところだ。最初の吐き気でおびえてしまう。一撃で内臓は、わしづかみにされひっくり返されたかのようだ。逆さまに向きを変えたみたいに感じる。白っぽいしみが朦朧とした視界に浮かんでいる。サメたちがこれに食欲をそそられるんじゃないか……。この考えが二度目の発作を引き起こす。これ以上恐ろしいこともない。どうも胃袋の内容物をすべて放出したようで楽になる。ほんの少しの間だ。なぜなら三度目がやってくるから。そして四度目、そして次、次、で、もう一度……。疲れきって息もたえだえ。世界全体が吸い出されてこの青へと流れこむ。胃袋、心臓、肺も吐きつくして、空洞の体がゆっくりとサディスティックにせまる死を前に、ただ呼吸する様子を想像してくれ。

水平線の揺れがあまりにもひどく、両目を閉じずにはいられない。だが彼の内臓は、ボートのジェットコースターみたいな揺れを反映する。気を失うことは、落ちて溺れ死ぬことを意味するだろう。もっと前に体をしばりつけておくべきだった。今となっては一番簡単な結び目を作る力もない。ただマストにつかまって意識を保とうと闘うだけ。

十七歳で終了だなんて不公平だ。ラウラという性も知らず、大学で学びもせず、子も持たず、母親を見送りもせず……いや、だめだ。こんなふうに終わることはできない。彼のエネルギーが底を突きかけているときに波は静まる。太陽は輝き続けていて、そう長い時間はたっていないようにみえる。彼には何時間にも思えたとしても。

進路を確かめなければならないな、あの裏切り者の波め……。ボートの方向をみようと血のにじむような思いで力をふりしぼり、方位磁石のところまで這って いく。だいたい方向はよいようだ。マタンサスまで二十海里でもハバナまで百海里でも同じこと。いま方向を変えたほうがいい。流れにつかまったり、次のオーシャンスウェルが彼を飲みこむまえに。

深く息を吸う。酔いよさめろ。できるはずだ。木の実の殻で嵐に立ち向かっている昔の船乗りたちに思いをはせる。ポリネシア人たちは太平洋を渡ってハワイまで行き、コロンブスはティニエブラの海に挑み、マゼランは地球を一周した……いやできなかった、航海中に死んだ。でもその〔後に船を率いた〕代理のエルカーノは成功した。彼と同じ名のファン・セバスチアン・エルカーノ。トラファルガー海戦の英雄ネルソン提督も、船酔いに悩まされた。

風は西北西から、メキシコ湾にむかって強く吹きつづけている。舵を数度動かして固定するだけでいいだろう……サンアントニオの岬にかもしれないが、キューバに着くはずだ。すでに、孤独の船乗りの栄光よりも再び固い地面に足をつくことの方が重要だ。こんなに揺れないところに……。

クソ波が！　方位磁石が彼の指のあいだから滑り落ち、ゆっくりと沈む。セバスチアンはなす術もなく、暗い影が深みから現れ、その機器をまる飲みする様をながめる。そして他の二つの背びれをみる。オーシャンスウェルはほんの一時奴らを攪乱（かくらん）しただけだった。

論理的に思考するよう努める。ここ数時間はもうオーシャンスウェルがくることはないだろう……風はこの二日間安定している……太陽か星を道しるべにできる……北極星は大熊座の二つの星を結ぶ直線上にある……小熊座だったかな……？　やるべきことは、体力回復のために食べること……吐いたときに失った水分を補充するために水をたくさん飲むこと……。

貯えを調べる。ラム酒、スパム、二リットルのペットボトル……そしてナイロンの穴。マチェテ、懐中電灯、残りの水と食料は、方位磁石と同じ運命に見舞われていた。セバスチアンは圧搾された豚肉の缶を手にとるが、両目は海面と執拗(しつよう)な大鎌のごとく彼を追う三枚の背びれのあたりをさまよっている。

缶を遠くへ投げ捨てたかった。もしくは、〔海の神々の〕聖女コブレかイェマヤかネプチューンに助けを請うて泣くか。だが科学者は迷信など信じないのだ。ゆっくり時間をかけてラムのビンとスパムの缶をマストにしばりつける。失わないように、やぶれたナイロンの布で、固く。ゆっくりと飲みこむ一口の水は酸のように空の胃袋を燃えたたせる。少なすぎて節約する意味もない。

恐れが彼の横にすわりこみ、幻影のカモメのごとく頭上をとびまわり、不可視のサメのごとく彼の後を追ってくる。そして、サメが方位磁石を飲みこんだなら、自分には死への道をたどるほうが楽なのではないかという思いもわいてくる。十七歳の、やせた、ぼさぼさ頭の、船乗りであって船乗りでない少年にとってもついに、突如として、世界中のすべてのラウラがどうでもよくなっていた。

＊＊＊

ペットボトルは水面に落ちて浮く。スパムの空き缶はまもなく沈む。二隊列の牙がプラスチックの容器をまっぷたつにし、他の二列が缶のあたりで閉じる。「お前の腸が傷つくようにな……」セバスチアンはつぶやく。太陽を仰ぐ。真昼間。太陽は後方左にある……。方向はかわっていない。浮きの部分もしおれてはいないし、帆も破れていない。水も食べ物もない。ボンバルドや〈コンチキ号〉の乗組員は試しに新鮮な魚のリンパ液を飲んで良い結果を出している。どうやって釣るんだ。スパムの缶をベルトのバックルで開けるのも大変だったというのに。

もしかすると、ラウラやアレハンドロやトロルが国境警備隊や消防隊、海難救助隊に知らせたかもしれない。そして今ごろ、彼を救助するために海軍の半数をかけて一斉捜査がされているのかも……。ほとんどマストにもたれかかるようにして、期待をこめて青を見わたす。ノーだ。

残念ながら、彼らが一番しそうなことは、ハバナに着けるかどうか試すための数日間の時間を彼に与えることだ。成功するかもしれない。そうかからないだろうし、一週間何も食べなくても死にはしない……。

水なしではどのくらい持つのだろうか？　頭がおかしくなって、海を飲み干そうとして吐きまくって死ぬまでには？

ラウラの父親と叔父たちのことを考え、九四年の、そしてそれ以前の何千ものボートピープルのことを考える。そうだ、かなり狂ってかなり自棄になっている必要がある……。そして一人でそれをやるのはずいぶん間抜けなことだ。

遠くの轟きが彼を放心状態から覚めさせた。大砲の音？　もう一回、もう一回。にしては音が低すぎる。むしろこれは……雷のようだ。

巨大で真っ黒な雷雲が遠くで形成されようとしている。大しけが来るぞ。運が良ければ大量の水を運んでくる。喉をうるおし、水を貯えられるかもしれない。なぜペットボトルを捨てなきゃならなかったんだ？　半分に開ければ、もっと雨を貯められたのに。彼には半分はいったムラータ印のラム酒のビンしか残っていない。トロルのプレゼントだ。これを空けるしかない。水はアルコールより重要だから。

で、サメたちを酔っ払わせるのか？　考えるまでもない。ふざけるな、このクソザメどもめ！　俺は着くぞ！

ごくりと飲む。喉が焼け、粉っぽい変な味がする。だがこれはやり遂げることとなる自分への乾杯なのだ。

だって風はすでに雨の涼感をとらえている。今更このスコールが方向を変えるなんてことはまさかないだろう。喉を焼く液体に免疫をつけようとするかのように、アルコールの残りを長くゆっくりと飲み干す。それからビンをすすぐ。興味深げに近づいてくるサメたちを恐れもせずに。

くたばっちまえ！　笑いながら叫ぶ。もう怖くない。もはや彼は海と風の神のごとく不死身なのだ。

雨粒が足下の布におちる。セバスチアンはプルオーバーを顔からはぎとり、シャツも脱ぐ。真水によって海の呪われた塩気から解放されるのだ。一粒一粒を追いかけてビンを差しだす。当たると痛いほどの大粒だ。雨はどしゃぶりにかわり、口から、鼻から、目から飲む。叫び、喜びに泣きむせぶ。雨だ、〔神がモーゼの祈りに応じて降らし〕砂漠に迷えるイスラエルの民を救った〔食物〕マナだ。砂でなく水と塩の荒野。モーゼはファラオからのがれる途中で紅海に道を開いたのだし、単なるイメージの重なりにとどまらない。

セバスチアンは巨大な波たちが無から生まれるのを見て、恐怖の叫び声をあげる。なす術もなく彼を引きさらうだろう水の山々……。一筋の道が開き、男たち女たち子どもたちが走る。厳(いか)めしい様子の髭(ひげ)に白いものが混じった背の高い老人が熱狂的な言葉で彼らを促す。モーゼ。彼はセバスチアンの傍(かたわ)らにとどまり、預言者の眼(まなこ)でのぞきこんで言った。

「私のせいでも君のせいでもだれのせいでもない。どこもかしこも水浸しの呪われた状況のせいだ。」

水が、溺れる無数の頭を巻きこみながら戻ってくる。すべてを飲みこんで渦巻く水、流体の、悪臭にみちた、甘辛い、血のような水。

どこからかゴボゴボとコーラスが語る。

「海は島々の血液。」

裸体に厚化粧をほどこし槍(やり)と棍棒(こんぼう)をあやつる漕ぎ手をのせたカヌーの上の、太鼓が鳴る。反対側からは帆を十字架で装甲した二艘(そう)の船が、カリブ人たちに対抗しにやって来る。一番大きな船の甲板では白髪まじりの男が血の海のむこう側を見据えてつぶやく。

「ここを渡れば、大ハーンのジパングへ本当に到達するのだ。秀麗（しゅうれい）な港をもつ平和な人々の島に。」

コーラス。

「血と暴力、島々を産み落とした海は知りつくしている。かぎりなく飢えた海は大カヌーとカラベラ船を飲みこみ、黒い旗のもと、男たちをごたまぜにする。すべては決定ずみ。七つの海のクズ男、棒の義足とサーベルは、銀の道に湧いてくるガレオン船へ切りこむために。」

コーラス。

「貴金属と血の川が海上に、アメリカ大陸の血を絞りとりながら。」

もう一方の〔フランシスコ・アルミランテ＝セルベラ〕提督、君主制のおごりに目がくらんだ奴は、タラップを大勢に歩かせ、剣先で号令を叫んでいる。

「海はみだらな女、すべての害悪の母だ！　彼女を通じて、イギリスやフランスの異教徒ユグノーたちがセビリアの権威をきて売買にやってくる！」

混血の海賊ディエゴ・グリージョは、密売人を代表して言う。

「剣で生きる島は海に背をむけ自死を望む。」

コーラス。

「海は最後の砦！」

セバスチアンは悪夢を生きた。目を開け、閉じるが、目覚めることができない。空腹のためか疲れのためか、トロルがお楽しみを入れたボトルのためか（クソッたれのヤク中め）。とにかく海の亡霊たちはたゆたい続けている。

ブライ船長と准士官のフレッチャー・クリスチアン〔イギリス海軍の〕バウンティ号の）は、栄光ある、片手の、船酔いしたネルソン提督と、沈んだ船のチェスをさす。フランシス・ドレイクはマゼランと連携してエルカーノの世界周航の栄誉を強奪しにかかる。ラフィッチの黒い海賊の兄弟、十三州の〔イギリスからの〕独立の志士のカヌーが現れた波に同じく、装甲船戦の幕を切って落とした〈モニター〉とフリゲート船〈メリマック〉が南北戦争で闘う。

「強い艦隊をもつ島は強い兵士も城壁も必要としない。海自体が要塞と化すからだ。」

チューダー朝イサベル女王が海軍に言をたれる。

セバスチアンは、地中海の地図を破るオラウス・マグナスの〔『北方民族文化誌』に描かれた〕化け物海軍を前に吼(ほ)える。そして魚雷を搭載した飛行機に襲撃された戦艦の中でふるえる……日本の東郷元帥の高笑いを聞きながら。

「空母船は海戦の未来だ。」

スクーナー船〈ドス・エルマーノス〉出港刹那の船内に居合わせ、タンパからのひと蹴りで飛び立ち、ウィンチェスターのライフルと銃弾を東洋の独立の志士たちに届けよう。〔ハバナ湾で起こったアメリカ海軍の〕メイン号の爆発に吹き飛ばされる。セルベラ提督の艦隊とともにサンチアゴ・デ・キューバ海戦にて自らを犠牲にする。

〔二十六代アメリカ合衆国大統領〕テディ・ルーズベルトがダイキリを飲みながら早口でまくしたてるように言った。

「メキシコ湾は我々のプライベート・レイクだ。そしてキューバは湾のカギだ。」

コーラス。

「あわれなりキー・アイランド、ドルの海に飲みこまれる。」

セバスチアンは平安を請うが、それに耳を傾ける者はいない。〈タイタニック〉は難破し、ドイツ製の戦艦〈ビスマルク〉を捕える英国空母〈インヴィンシブル〉はフォークランド海峡でアルゼンチン軍事評議会のエグゾセミサイルに沈められる。〔イタリアの客船〕〈アンドレア・ドーレア〉はネモ船長のオルガンの調（しらべ）とともに沈む。幽霊船〈メアリー・セレスト〉とさまよえるオランダ人が静かに通り過ぎる。帆に大きな赤い字で次のような文字をつけて。


海はこの惑星上最大の墓地、魚たちは最も慎み深い墓掘り人

〔ヘミングウェイの〕ヨット〈ピラール〉は、〔ドイツの映画監督で〕スパイのエルンスト・ルビッチがカリブを通り抜ける商船のルートを教えていた、ナチの潜水艦の痕跡を追う。すぐ横には八十日間も漁をせずに、この世で最も美しい魚と闘う老人がいる。巨大なサメが彼をかみ砕き、アミティー・ビーチを襲撃しに行く。〔ゴースト号の船長〕ウルフ・ラーセン、無慈悲な海の狼が、彼が通るのを見かけて言う。

「海は伝説と叙事詩の最後の隠れ家だ。」

セバスチアンは、脳裏にひしめき、彼を発狂させる悪歴史から、死んで解放されたいと願う。〔海洋探検家〕キャプテン・イヴ・クストーがそれを阻み、アクアラングから泡をとばしながら言う。

「嘆かわしいことだ。我々は深みの静謐な世界よりもむしろ宇宙空間のほうをよく知っているのだ。」

すべてがセバスチアンの眩暈に流れこむ。ジャック・マイヨールは無呼吸で百メートル潜り、ユリシーズの不躾な態度に顔を赤らめる人魚たちと会話する。

〔十七世紀のイギリスの海賊〕ヘンリー・モーガンは〔亡命キューバ人のテロ集団〕アルファ66の小型船を操縦し、ボカ・デ・サマの村を機関銃で滅多打ちにする。宇宙からの訪問者がアトランティスを求めて探りまわっている、マングローブと歴史に彩られた赤いビーチに寄ろうと、八十二人の遠征隊の重みに沈みかけたボートが大しけと戦う。初めての原子力潜水艦〈ノーチラス〉は水上にでることなく世界一周し、永劫回帰の恐れをのりこえるファン・セバスチアン・エルカーノが乗った魔術にむしばまれたカヌーとすれちがう。津波が横浜の地上を一秒でさらう。

コーラス。

「海は過去、現在、未来。人間もその作品も気にとめない。」

セバスチアンは海に目がくらむ。〔ノルウェーのモスケン島周辺の大渦巻き〕メイルストロムが時間を飲みこみ、固いところの住人に向けられた、液体の果てなき敵意を吐きだす。難破船の漂流物や人間の挫折までがポセイドンの顔面を形づくり、溺れた水夫の唇が果てなき恨みと悲しみを込めて発話する。

「覚えておけ、小さな人間よ、お前は此処では常に侵入者なのだ。」

一人の女神が現れ、セバスチアンは彼女に気がつく。一九九四年八月のヌエストラ・セニョーラ・デ・エルマリエル・イ・カマリオカ、ボートピープルの守護神で「三人のファンたち」に進路を示す女神だ。帰路ではなく、彼らを捕えヤンキーの湾岸警備隊につつんで売りとばす、幻の未来への逃避の道を。

セバスチアンは、うじゃうじゃいるボートピープルに助けを求めて叫ぶ。待ってくれ、一人にしないでくれと懇願する。彼らはいまコーラスとなり遠ざかりながら言う。

「もはや遅し。社会主義か死か。もはや遅し。耐える、勝ち取る、発展する。もはや遅し。キューバに永遠の自由を。もはや遅し。海か無か……。」

セバスチアンは三人のファンたちに気がつく。ラウラの父親と叔父たちは言う。

「最初の割れ目を入れさえすれば、勇敢になるのは簡単だ。お前はボートピープルではなくラウラーなのだと、逃げているのではなく探しているのだと主張しても無駄だ。」

コーラスが、水平線に向かって漕ぎ消えていく前に言う。

「我々は皆、不可能を探している。」

亡霊たちと、くたびれたトラクターのチューブ、穴だらけの五十五ガロンのタンク、魚のえさが残っている。そして彼に警告する。

「海の飢えの前には無罪も有罪も区別はない。」

そして硝煙でつぶれた喉で大笑いし沈んでゆきながら言う。

「ボートピープルでないというのなら、ボートの上でなにをやっているんだ。」

恐れおののいたセバスチアンは彼らが無に還るのを見る。イェマヤに懇願する。青き神は黒人奴隷船に鎖でつながれたまま、拒絶する。

「私は海をわたることを強いられた黒人奴隷のオリシャ〔神〕。好き好んで急ぎ足でわたる白坊主のものではない。」

セバスチアンは、あんなにも、静けさ、平安、正気を願ったにもかかわらず、今は一人恐怖とともに残されることを恐れている。フンボルト、二番目の発見者は、J・J・ルソーの良き野蛮人さながらに肩をたたき、彼をできるかぎりなぐさめる。

「海によって結合し分割された島々のるつぼが生みだす、文化と人種の豊富さには目を見張るものがあるな。」

だが彼も行ってしまう。セバスチアンは空白を自分の涙で埋めようとする。彼をラウラから引き離す、生ける果てなき海。認識不能の宿敵、彼を渇きと脳内の竜巻で嘲笑（ちょうしょう）する水の荒野を理解しようとする。

ひとりきり。水浸しの呪われた孤独。

悲喜劇はまだ終わってはいない。これはただの休止。遠くからトッカータと、もうひとりのファン・セバスチアン〔バッハ〕のフーガが鳴り、恐ろしい終末を予告している。サンショウウオが水をはじくゆっくりとした音、カレル・チャペックが世界中にまき散らした〔『山椒魚戦争』の〕アンドリアス・ショイフツェリの恐怖。狂った亡霊エイハブを引きずりまわす〔『白鯨』の〕モビーディック、聖書のレヴィアタン、スカンジナビアのクラーケン、そして海蛇。〔ホラー小説家〕ラヴクラフトが予言した住処ルルイエで眠る偉大なるクトゥルフの膜質的な寝言。船乗りや海賊船よりずっと昔から伝わる人類の歴史的、伝説的恐れ。それらが出現する今際を、悪臭はなつ泡が憎悪と遺恨と無理解と恐怖の海から湧きあがり、告げる。

残るは最後の手段。十二の獰猛な頭を持つスキュラやすべてを吸いこむカリュブディス、魚竜、ジュラ紀のプレシオサウルス、暗黒湖の怪物などに対面する前に使う。

極端な手段だが、有効。

セバスチアンは平安を渇望している……。

だからこそ彼は、上半身を傾け、しょっぱい水を飲み干しにかかった。

自らの恐れを取り除くために海を飲む。そいつの息の根をこれっきり完全に止めるために、生ける海を飲む。〔北欧神話の神〕トールが巨人の洞窟で〔海につながっているとは知らずに一息で空にしようと〕オケアノスの大角から飲んだように、休みなく飲む。

この世のすべての渇きでもって飲む。雷神のような力強さで、一口飲まれるたびに少しずつ、果てなき容器の中身は減じていた。喉が火でできているかのように焼けつき、胃袋が膨れあがり、目から涙するのもかまわない。

飲まなくてはならない。ただ飲むだけ……。

＊＊＊

「さぁ、偉大なる海賊が目を覚ますぞ。」

「ルイス・カルロス、冗談はよして……まだずいぶん悪いんだから。」

ラウラの声だ、でも……ルイス・カルロス？　あぁ、そうか、トロルだ。君は目を開こうとして……痛みに叫ぼうとする。だけどただうめき声を出すことしかできない。なにかが君の喉にひっかかる。

「おいおい、看護婦を呼べよ……。」

アレハンドロだ。三人がいるということは、ラウラとはなにも起こっていない……。

「いいよ、俺がやってやるよ、そこに目薬があるし、教えてもらったんだ。」

急ぎ足のヒールの音。看護婦が来る。君としてはラウラにやってもらうほうがいいのだけど、声門に入っているなにかが言葉を阻んでいる。

「あらあら、話せないわよ、人工呼吸器がついてるんだから。あなたはなにか信じているものある？　奇跡的に生きているのよ、ここ数年で見た最悪の脱水症状だったんだから。さて目のほうはどうかしら……。」

なにか湿ったものが、まばたきを阻んでいたかさぶたを消す。そして痛み。目を開き、すぐさま閉じる。目がくらんだ。それでも君はおぼろげな四つの影を目にとめた。

「あかるすぎるわ、窓をしめて……。」

「やります……。」

暗がりのなかでもう一度試す。さっきよりましだ、もう輪郭を区別できる……。奴ら三人と、看護婦、太ったムラータだ。

「セバスチアン、聞こえていたら三回まばたきしてみろ。」

おいおい、ずいぶんと小説チックだな。でもその通りにする。すると笑い声。

ラウラが君にキスをし、全員が一斉にしゃべりだす。

「もう一週間も意識がなかったんだぜ……。」

「アメイヒラス病院の十二階でな、ずいぶんいいご身分じゃないか！」

「いい身分とはなによ、集中治療は遊びじゃないのよ……。」

「三日間お前の知らせがなかったときには泡食ったんだぜ……。」

「お前はすげー奴だよ……。」

「なんでこんなバカなことしたのよ、あなた……。」

「ピナル・デル・リオのオンダ入江前で発見されたんだ……。」

「海水を飲んじゃったのね、なんてこと……。」

「お前のかあさんが毎日ずっと、側についていたんだぜ……。」

「いま仮眠しにいったの、でも目を覚ましたあなたを見たがってたわ……。」

「五日間もあっちのほうにいたんだぞ……。」

「お前の名前を小学校につけるところだった……。」

「高校の女子の大群がお前のことを訊きにきたぜ……。」

「で、あなたたちは自分たちの分を確保したがってるのね、まったく……。」

「『マイアミ・ヘラルド』はお前を栄誉あるボートピープルとして名前を載せたぞ……。」

「セバスチアン、あなたになにかあったら後悔してもしきれなかった……。」

「あなたたち、気をつけて抱きついてね、血清が飛んじゃうから。彼は電解質が必要なのよ……。」

「お前に二リットルのコーラを持ってきたぜ、チャンピオン……。」

「おい、今はもぐもぐするなよ、葉巻でも探してくるから……。」

「そうね、行ってきて、まだ彼は弱っているから。で、あなたは？」

「ううん、あの……私、彼に言わなきゃいけないことがあるから……。」

「行こうぜ、ごゆっくり、セバスチアン。お前は正々堂々と彼女をものにしたんだ……。」

君はぼうっとしてしまうほどたくさんのハグと喜びの涙、心からの友情と、ラウラが君を見つめているという幸運……その青い、海……いや、サファイアのような瞳で……こっちのほうがいい表現だ。君の手をとって、どう言ったらよいかわからずに。そしてその言葉を待っている君。それは君だ、やせで筋肉もなくドルも持たないとしても……。

「セバスチアン、あなたがなんともなくて本っ当に嬉しいわ。そうでなかったら私、自分を一生許せなかった。私のせいで……だってあなた、私のために、私が言ったことのためにやったんでしょう？　頭おかしいわよ……。」

もちろんだとも、姫。君は荘厳に頭をゆらし、その瞬間を味わう。さぁ、言え、美しきラウラ。そう。ア・イ・シ・テ……。

「あなたに言わなきゃいけないわ。私の父と叔父の話は、嘘なの。彼らはオーケストラで演奏してて、パナマに行ったきり帰らなかったの。なんでボートピープルだったなんて作り話したのかわからないわ。まるっきり酔っ払っていたのよ、そうじゃなかったら……。」

オーケストラ？　パナマ？　はぁーーー？

「セバスチアン、本当にごめんなさい。私のお母さんに誓って言うわ、ここのところ毎日あなたのためにものすごく泣いたのよ。でも、言いたいのはそれだけじゃないの……。」

あぁ、最悪ってわけじゃない。一番重要なところが待っている。「私、あなたといっしょにいたいわ」……もし可能なら……。

「私、移民くじに当たったの、セバスチアン。」

え？　聞き違いだろう、そんなのありえない……。

「私、移民くじに当たって、来週出ていくの。父さんはもうマイアミで稼いでいて、カフェ・ノスタルジアってところで弾いているわ。そこの司会者と友達で、二人とも私の美貌は将来性があるって……。セバスチアン、アレハンドロにもトロルにも言ってないの。私たちだけの秘密よ。私、お別れパーティーも見送りもいやなの。もっと辛（つら）くなるもの。」

ラウラはいない、ラウラはいっちまう、ラウラはこの人生から消える……。

「許してくれる？　セバスチアン、あなただけよ解ってくれるのは。あなたは私の親友だもの。あなたに会えないとすっごくさびしくなるわ……今だけチューブを脇によけてね、ちょっとだけ。」

そして君に本物のキスをする。それはここ数ヶ月間、夢に見ていたもの。少し物足りないけど、舌とかも全部ありの。彼女の瞳の輝きはまるで……まるで青い目が輝くようだ。

「じゃあね、セバスチアン。向こうに行くまで毎日会いに来るわね。それから、毎週あなたに手紙を書く。あなたのこと忘れないって誓うわ！」

で、行ってしまう。君は残され、窓の外をながめている。君のベッドからはマレコンの素晴らしい景色がみえる。海は泡だらけのようだ。そうして、もう記憶のなかでごちゃ混ぜになっている、体験した戦きと夢見た戦きについて考える。生ける海……。

唇に舌を這わせる。ラウラのキスは塩の味がして、耐えてはいるものの泣きだしたい思いが怒濤のごとく湧きでる。もしかすると単に、喉のチューブのわずらわしさのためかもしれない。それとも、急に大人になった気がしたからかもしれない。なぜって、人は決して努力に見合うものを手に入れることも、思うように事が運ぶこともないということを発見したところだから。そして人生とは、だれかが言うほどのクソみたいなものではないにせよ、ときにほぼ同じような味がすることを。
もはやこれ以上、それを確かめてみたいとは思わない。

一九九八年五月二十四日

バイクとユニコーン

La moto y el unicornio

氷の姫君よ、　君が望んだものをここに……。

ジョスバニはノッポで痩せぎす、髪はのばしっぱなしのボサボサだ。小心者でしかもどもり気味。クラスで目立ったためしはないし、友達も多くない。

そんな奴だから、コナンの筋肉質なヒロイズムやマーリンの気高い魔術という古風な英雄願望を心に抱いていても不思議じゃない。同じように、新品のハーレーダビッドソンの背にまたがって世界を旅するとかも……もちろん、パメラ・アンダーソンみたいな金髪の胸がでかくて目もくらむような美人をケツに乗っけて。

彼はヌエボ・ベダードに住む十九歳のひとりっ子、生物学部の三年生。これは一年目で工学デザイン学をあきらめた後の話。右肩にあるバイクにまたがった中世の騎士のタトゥーは、〔ペルー生まれでファンタジーやSFを題材にする画家〕ボリス・バジェホの絵にインスピレーションを受けて自分でデザインしたもので、左の耳たぶには銀の輪っか形ピアスをしている。大学で目をシパシパさせていない空いた時間には、奴隷戦士と戦う怪獣を落書きしてみたりG通りをブラブラしたり、エレキギターをかき鳴らしてハロウィンやガンマ・レイ、マノウォー、それから何をおいても大天才のルカ・トゥリッツリ率いるラプソディー・オブ・ファイヤみたい〔なヘヴィメタル野郎〕になろうと大志を抱く。

部屋のなかは、ロックンローラーだろうとなかろうと、自尊心を持ったすべての青年と同様に、雑多な……なんでもありの展示場だ。乾いた大エビの殻（これ以上くだらないものはない！）から黄ばんだパメラ・アンダーソンのセミヌード、それも彼女が一生のうちで二回だけの価値ある選択をしたとき――まずおっぱいを一つ大きくして……次にもう片方も大きくした――のポスターまであった。本棚のほうに目を向けると、今にもあふれだそうとしている、虫に喰われ繰り返し読まれて字もすり切れた「ハリケーンと龍」シリーズ、耳鼻科医の母がザンビアでの国際協力期間終了時に授与された〔キューバ独立戦争の英雄〕マキシモ・ゴメスの鉈(マチェテ)のレプリカがあり、壁には珊瑚(さんご)のコレクションが画鋲(がびょう)で直接とめられている。パソコンを忘れちゃいけない。大きなサイズのノートを開くとき、乗せるのにちょうどいい大昔のペンティアムⅡ。絵を描きたくなったときのために鉛筆とテンペラの筆。イモムシ窓（マイアミ風ブラインドのこと）。前脚を蹴り上げた白いユニコーン柄の模造品のタペストリー。そしてバイクのポスター、馬力のあるハーレーのエレクトラ・グライド、もちろん青、がある。

ジョスバニが長いこと留守にすると、部屋のものたちは積もったほこりを振り払い、うんざりしすぎて腐ったりしないようにおしゃべりをする。

ひからびた大エビは、波打つ珊瑚のパントマイムを背に、カリブ海ののんきな生活について語る……不法漁師の仕掛け籠に捕まるまでの話。同時に、本たちと過ごした長い年月が彼を学のある甲殻類にしていて、彼の学名〈アメリカイセエビ(パリヌルス・アーガス)〉について講釈することもある。『オデュッセイア』の海賊パリヌルスに倣(なら)

うという栄誉にあずかっているだとか、フェルナンド・デ・ロハスの『メキシコのパウリーナ』を読んだときの興奮だとか。

パメラ・アンダーソンは、自分はモデルとなった実在の人物のような薄っぺらな女ではないことを認めさせようと、ポスターからみんなに向かって詩を朗誦(ろうしょう)する。残念なことに、いつもベネデッティの『技術と戦術』かネルーダの『二十の愛の詩と一つの絶望の歌』のなかのどれかだけれど。ロマンティックな気分だったらホセ・アンヘル・ブエサのときもある……本棚全体が笑いだし、マキシモ・ゴメスの鉈(マチエテ)のレプリカが、やれやれ止めろよ、キューバ人ってのはものを知らないか知りすぎているかのどっちかなんだから、あのお嬢さんに成長の機会を与えてやれよ、なんて言いだすまで朗々と……。

自身の存在の儚(はかな)さから、より大胆に行動する鉛筆と絵の具と筆は、すばやく部屋のスケッチをしたり、パメラ・アンダーソンのポートレートを描いたりしていた。欠点が強調されたりするけれどまぁ、そのためにポーズをとっているんだから……。

本たちや鉈（マチエテ）は心配して、いたずらなお絵描き道具に小言をいう。もしある日ジョスバニがノートのページの減りに気がついたら……。でもマイアミ風ブラインドはヤンキーだったとしても、いつも彼らや時どき吹くいたずらな風と共謀して、ページの間から見られては困るスケッチを消しさってやる。あの子はどちらかというとぼーっとしていて、自分の持ち物を点検する習慣はないから助かるってもんだ。

偽ゴブラン織の白いユニコーンとポスターの青いハーレーはというと、時にはパメラとその詩を笑い、よくよく頼まれた時は鉛筆や絵の具のためにポーズをとり、伝説やテクノロジーについて語る。けれども大半のときはただ互いを見つめ合い、ため息をついている。

彼と彼女はとても近くにいて、部屋の一角の左右の壁に直角に向き合っていた。そしてもう何年も、愛し合っていた。彼が伝説上の生き物で純粋さの象徴だろうが、彼女が千二百CCで2サイクルのエンジンを持っていようが関係ない。

それどころか、実際にはその純潔さ故にユニコーンの性別を自信もって答えられるものはいないし、バイクにおいてはなおさらだ。布の中で前脚を高く上げている白い一角の馬は自分をとても男性的でたくましいと感じていた。ミルウォーキーの素晴らしい工場で造られた電気式スターター付きエンジンを持つバイクは、自分をとても女らしいと思っていた。空色の、エネルギッシュで有能な婦人で彼女なりに繊細でもある。

当初から二人は似た者同士だと感じていた。たぶん両者ともそれぞれの世界で伝説だからだ。

彼はいにしえより想像の世界に偏在し、高貴な者や王たちに熱望されている。その魔法の角でできた杯は、あらゆる毒に反応して割れるという価値ある性質を持つと考えられているのだ。内気で冷酷、罠も猟師もバカにしきっているという評判だが、美しい処女の前になす術もなくくずおれる。スコットランドのシンボルであり、イングランドのライオンと競うがごとく連合王国紋章の輝かしき主役を張る。このことについてはルイス・キャロルまでが『鏡の国のアリス』でジョークにしている。同様に、古典的ファンタジー小説『エレホン』とか、ピーター・S・ビーグルの天才的な『最後のユニコーン』とかの紛れもないスターで、後には魅力的なアニメになり、リドリー・スコットの『レジェンド』みたいにもっとシリアスな映画にもなった。

　あんなにも希求されたユニコーンの角が結局、異常に発達した寒い北海のクジラ目イッカク科の牙だったり粗雑なサイの角だったからって、だからなんだというのだ？　現代の動物分類学によると、実在したユニコーンはすべて二本の角が一本にくっついてしまった奇形のヤギでしかなかったかもしれない……。その双（そう）蹄（てい）、あごひげ、奇妙なしっぽという一般的な描写は、ウマ科の特徴には一致しない。映画版『最後のユニコーン』がまだ撮られていないのはハリウッドで著作権について何らかの問題があるからだ。『レジェンド』はトム・クルーズが全編を通じてしゃがみ込んでいたこと以外は誰の記憶にも残っていない。それ以外に覚えているとしても敵側の悪魔的なティニエブラのぶっとんだメイククらいのものだろう。ユニコーンが出てくる大半のシーンは『ブレード・ランナー』のディレクターズカットにいきつく。アンドロイドの狩人で自身もアンドロイドであるデッカードの単なる夢に貶(おとし)められて……。

彼女はというと、その紋章である誇りたかき白頭鷲と同様に、アメリカ合衆国の国道を走り抜けうなり声をあげる自由のシンボルだ。ヘルズ・エンジェルズと開拓者のための輝かしい鉄製の騎馬。リー・マービンやマーロン・ブランドの『乱暴者』、ピーター・フォンダとデニス・ホッパーの『イージーライダー』、『グライド・イン・ブルー』などなどの、映画スター。デザインサロンの洗練された主人公。「生きるために走り(ライド・トゥ・ライブ)、走るために生きる(ライブ・トゥ・ライド)」という超アングラな自由のアレゴリーとして、ロックのプロモーションビデオで数々のミュージシャンに求愛されたミューズ。大排気量クルーザーバイクの精髄で、魅惑された芸術家たちが熱狂的なまでに、変形や改造を加えて自分だけのものにしたがるベースでもある。彼女の歴史、変遷、特徴にのみフォーカスした雑誌や百科事典もある。決して時代遅れになることのない現代の機械文明のヒロインなのだ。

ガソリンを喰うとか経済的じゃないとか、スピードが落ちると安定性に欠けるとか、オイルが切れやすいとかっていう性質がなんだっていうんだ？　新しい日本やイタリアやイギリスのバイクが、ターボタイプだろうとなかろうと、ハーフシリンダータイプの市場だけでなく、ロードレースの大勢を占めているからって、それがなんだ？『乱暴者』でブランドがイギリス製トライアンフに乗り、マービンっていう下品な替え玉だけが愛国的にハーレーにまたがったとか、企業の売上を占める割合が、もはやバイク本体よりも、服やビールなんかのアクセサリ商品化部門のほうが多いからって？　タイヤに乗っかったアメリカンドリームの値段が急上昇して、ケンタウロスに憧れて初めての鉄製の駿馬を買うことができる人の年齢が上がったことなど……。

そんなことは全く問題にならない。ただ愛があるのみ。

バイクとユニコーンは見つめ合い、ため息をつき、一緒になることを夢見る。

そんなわけで、ジョスバニがリュックを引っさげ、ゲリラ活動のために一週間丸々カナシに行ってしまった夏、エレクトラ・グライドは愛する人の招待を受ける決心をし、ポスターからタペストリーへと飛んだ。

最初は幸せが満ちあふれていた。魔法の角の駿馬は青いバイクを迎え入れる嬉しさに前脚を踏みならし、バイクは2サイクルの強力なエンジンを甘えるようにグルグルとならしてご満悦だった。草間(そうかん)の獣道を走り回り二人は姿を消した。本たちや大エビやマキシモ・ゴメスの鉈(マチエテ)は二人がもう二度と戻って来ないのではないかと心配しだした。もしくは、ありえないハイブリッドたちの一群を誇らしげに連れてくるのではないかと。ユニイク？　バイコーン？　そして彼らの関係が公になり、いたずらな鉛筆や筆、絵の具が創作し、すでに消し去ったはずの絵よりもずっと説得力を持って、この部屋の大きな秘密を明らかにしてしまうのではないか……。

しかし待望されたハネムーンは三日しか続かなかった。四日目になると、千もの誓いを目に湛えて見つめているユニコーンを振り返ることもなく、青のハーレーはハンドルもしお垂れた様子でポスターへと戻った。挫折と退廃の生きた標本のようだった。かつてはニスで輝いていたボディーはとげに引っ掻かれて光を失っていた。オイル切れで煙を吐き、パンクしたタイヤとほとんど空のガソリンタンクでどうにかよたよたと進んだ。

挑んだのだ……でも結局つらい現実の前になす術はなかった。

ユニコーンのファンタジーの世界にはサービスセンターがなかった。タンクを満たすガソリンスタンドもなければ、泥まみれのフェンダーに甲虫のような輝きを取り戻してくれるワックスを売るディーラーもいない。しかも、伝説の牡馬がだんだんと、排気ガスやしたたる使用済みオイルという、森の天然無垢な自然を汚染するものに嫌悪感を表すようになったのだ。彼女はというと、ギア1でやっとのことで進めるでこぼこな山道とは大違いの、机のように平らかな国道を埋め尽くす仲間たちのうなり声が恋しくなった。彼はいったい何を求めていたのだ？恋していようといまいと、彼女は回転する車輪にすぎないのだ……そして明らかに、タイヤは山がちな細道を散策するようには作られていない。

何週間もの間、互いに見やることもほとんどなく、わずかな視線のやり取りは凍りつくような悲しみと共になされるのであった。

だが愛はすべてを許すもの。三ヶ月後、ジョスバニが祖父母に会いにサンフランシスコへ出かけた時、ユニコーンは意を決してポスターへと飛び込みバイクを訪問した。

弁解のいななきと仲直りの証のエンジンのうなり声があり、あの生物とあの機械は再び、共に部屋の他の者たちの視界から姿を消した。

今回の蜜月は二日しか続かず、憔悴（しょうすい）しきって角を床にひきずりながらのろのろと戻っていったのはユニコーンだった。

彼も持てる力をすべて振り絞ったのだけれど、アスファルトや鉄やガラスを食べることは不可能なのだから、どうすればよいのか？　エレクトラ・グライドのガレージと国道でできた超近代世界には、食むための草がほとんどなかった。口にすることができないイミテーションの生命、プラスチックの植物だけ。あの焼けたオイルの我慢ならない悪臭、あの自信満々にガタガタ体をゆする何百という幅を利かせたバイクのひしめき。

彼の恋人はなぜ耐えられるのだろう？　しかも、彼に対してあんな風に腹を立てるなんて。ただ、奇跡的に本物だったアカシアの葉を食み、消化の合理的な生産物を熱いアスファルトの上に落としただけなのに……どうしろというのか？　彼は単なる馬なのだ。魔法の角を持っていようとも……。

再び、幾週にもわたって断崖のごとく開く不可能性の悲しみを感じながら、恋する二人は互いに見やっていた。一緒になることを諦めることなどできるだろうか？　見つめ合うか少しの間会ったりするだけで、こんなにも近く、同時にこんなにも遠くに生きるという状況に甘んじるのか？

その住人が周囲のすべてのことに興味を失うとともに、ポスターとタペストリーは光を失っていった。

そんなこんなで二人はある変化に気づいていなかった。以前はジョスバニ一人だった部屋に他の若者たちが来るようになっていたのだ。ジョスバニ同様、やせて長髪で不格好な二人は法律を勉強していた。四人目は女の子で、ギターを弾きながら彼女をチラ見する生物学科の生徒の目はきらめいていた。彼女はきれいで、なんといってもセクシーだった。パメラ・アンダーソンほどじゃないし金髪でもなく小麦色の肌だったけど、少なくともブエサとかネルーダを朗読したりしなかった。むしろフロイト、ユング、ラカンについて語る方を好み、明るく繊細、つまり外見よりももっと、内面が美しかったんだ。

彼女はマグダといい、心理学を学んでいた。彼女の瞳もまた、ジョスバニがギターを弾くときには特別に艶めいて輝いた。

ある日、彼女は小さめのキーボードを抱えてきた。一人のやせの長髪がドラムスティックを、もう一人のはエレキベースを持ってきて、四人は人生を謳歌(おうか)しているといった様子で騒音を発し始めた。

次の日、マグダが一人でジョスバニに会いにやってきた。二人は出かけ、笑いが絶えなかった。戻ってきた生物学科の生徒は、ギターを弾く代わりに、あふれだす幸せに微笑みながら決意に眉をゆがめて、ここ何年かなかったことだがノートと鉛筆を探し始め、紙パックのラム酒を一箱脇において何度も何度も〈Tecnoépica(テクノエピカ)〉という興味深い単語をデザインし始めた。

まず炎のような文字で描いた。次に、半分はICチップ、半分は鋼鉄の兵士風でデザインした。蛇みたいな線を使ったり、昔風のゴシック文字を使ったり。どれも満足のいくできではなかった。

そんな風に何時間もお絵描きをして、最終的にはラム酒をすべて飲み干したに違いない。慣れないことをやって疲れきり、眠り込んだ彼の指の間から床へと落書きだらけのノートが滑り落ち……待ち構えていたいたずら好きの鉛筆たちが、本たちの指示に従って慎重に仕事を開始した。その間、筆たちは乾いた大エビがトイレから運んできた水にテンペラ絵の具を溶かしていた。次は彼らの番だ……。

次の朝、日曜日、玄関のチャイムの金切り声がジョスバニを起こした。夢うつつで、くしゃくしゃのアイアン・メイデンのTシャツのシワをのばしのばし、胸がしめつけられるような思いでドアを開けにいく。

バンドの奴らに何て言えばいいだろう？ インスピレーションがわかなかったとか？ 他の奴らは何とも思わないかもしれないけど、マグダはなんて言うかな？ 最悪なのは、そう、何も言わないって場合だ。「信じてたのに、あなたがやったこととときたら……」っていうようにあの大きな目で見つめながらかわいい唇をゆがめて……。

そんなことを考えただけでもう、どもり始めていた。

「お、お、お……」ギロチンの歯が上って行くのを見る死刑囚みたいに諦めきってドアを開けながら口ごもる。

「……はよう、ジョスバニ。」マグダが挨拶を締めくくった。おどけて、素晴らしいことにジョスバニの口の近くにキスをしてから、まっすぐ彼の部屋に向かった。「ロゴマークできた？　早く着替えちゃってよ、ジョトゥエルもジャイマールもFEUのスタジオで初合わせのために待っているんだから。へぇー、これが草稿たちね？　おもしろいじゃない……。」美しい小麦ちゃんの声がもう部屋から響いている。鈴みたいに涼やかに……。

「ちょ、ちょ、ちょっと、せ……せつめ、めいさせて。」ジョスバニはどもり、地面がぱっくり割れて吸い込まれてしまえばいいのにと思いながら、絞首台に向かうように重い足どりで部屋へと戻っていった。

次に起こったことにはどう反応してよいかわからなかった。当然だ。

開いたデザインノートを片手に全身をふるわせて感激の叫びを上げ、マグダは彼の首に飛びついて心のこもったキスをした。

たっぷり気持ちを込めて。

彼女の唇の間でとろけながら、意味不明のまま、この神の恵みを享受することにきめたジョスバニの目は偶然、彼女が持つ開いたままのノートに描かれた絵にとまった。

それはスケッチではなく、色も立体的な影もついた完成された作品だった。盾形紋章風で、気品のある文字で〈Tecnoépica（テクノエピカ）〉と謳（うた）われ、不思議な洗練感を持ち、古風でも現代的でもあり、五〇年代アメリカ合衆国の広告にみられたように、大昔の羊皮紙に描かれたような風情があった。

ロゴマークだ。いや、これこそが描きたかったあのロゴマークだ。昨夜何時間もかけて虚しくデザインを試みたものは、まさしくこれだったのだ。盾形紋章か！　なんでこれを思いつかなかったんだろう？

そのうえ、紋章に欠かせない二つの創造物に両脇を支えられている。素晴らしいアイディアだ。神話とテクノロジーの、古き伝説と近現代の、完璧な調和だ。バイクとユニコーンとは。

唯一の問題は、彼がそのスケッチを描いた覚えがないことだ。実際、母さんが言うとおり、アルコール耐性がない奴は飲まないほうがいい。十九歳でアルツハイマー病か！　もう最悪だな。

「すばらしいできよ！」激しいキスに顔を真っ赤にしながら、ついにマグダは言葉を発した。「デザイン案なんてもんじゃないわ！　色も付いて完成してるじゃない。こんなアイディアどこから出てきたの？　壁にあったハーレーとユニコーンを描いたんでしょ？　そうに決まってる。だからポスターもタペストリーも破って捨てちゃったんでしょう……。」

その時はじめてジョスバニは自分の部屋の壁の二つの空白に気がついた。ずいぶんと昔からポスターと偽ゴブラン織をとめていた、画鋲の痕だけが残されていた。

困惑しながら窓に目を向けた。開いてたかな？　夜、寒かったかどうか思いださないけど、そうに違いない。それしか説明しようがない。強い風がポスターとタペストリーをもぎ取って窓からさらっていったのだ。可能性は低いけどゼロじゃない……ヌエボ・ベダードでは毎日のようにもっとおかしなことも起こるんだから……見回してみると乾いた大エビやマキシモ・ゴメスの鉈（マチェテ）も、なんだか傾いている。ものすごい強風が動かしたのかな……なんて風だ。

でも一番重要なことは、マグダが彼にキスしたってことだ……「そ、そ、そう」得意げに答えた。「た、たいへん、だったけどね。気に入った？　他の奴らも気に入るかな？」いいねいいね、どもりまで直ったみたいだ。「気に入るかって？　みんな大喜びよ！」美しい心理学の生徒は叫んだ。もう一度、彼女のピカピカの恋人にキスをしてからささやいた。「私があなたを好きなのと同じくらいにね、本当に素敵。」

これ以上人生に望むことなんてあるか？

数分後、手に手を取ってギタリストとピアニストは出かけた。バンドのピカピカのロゴマークを小脇に抱えて。

ロックグループTecnoépica（テクノエピカ）は数ヶ月の練習を経て、コンサート会場〈エル・サロン・ロサード・デ・ラ・トロピカル〉のおまけグループとしてデビューした。その印象的なロゴマークにもかかわらず、実際のところあまり成功はしなかった。理由のひとつには、明らかに聴衆がもっと激しいメタル系を求めていたということがあり、もうひとつには、平凡なミュージシャンになるにしてもだいぶ才能が足りていなかったことがある。にもかかわらず、その後四回のステージを踏み、それからドラムのジョトゥエルを彼の父親がカナダに連れて行った。

その後マグダとジョスバニは大学を卒業して、結婚し、彼女は妊娠した……音楽を続けるにはやることが多すぎるだろう?

重要なのは、今では若い夫婦と生まれたばかりの娘アマリアが狭いけれど幸せに暮らしているジョスバニの部屋で、Tecnoépica（テクノエピカ）のロゴマークがアクリル板に守られて壁の主役になっているってこと。ハエとか風がさらってしまわないように……。

今ではほとんどおしゃべりをする隙がない乾いた大エビ、マキシモ・ゴメスの鉈(マチエテ)のレプリカ、残った絵の具と鉛筆たち、そしてパメラ・アンダーソン（これはいつもマグダにはずせと言われながらもジョスバニは捨てない……センチメンタルな理由からだそうだ）までが、幸せな夫婦の話を聞いて楽しんでいる。二人の楽園から、二人の友人が語ることを。それぞれの言葉で、それぞれのやり方で、だけど二人一緒に、バイクとユニコーンが。

二〇〇八年七月八日

キメラなど存在しない

Las quimeras no existen

何年もこの物語をせがんでいたタニア－アタリアに。
わが親愛なる水生生物ナンシーに。

あなたは、単なる、普通の男性です。離婚歴のある中年で、息子がひとりいます。中国製の自転車をもち、技術センターで働き、アラマル地区の公営アパートの最上階に住んでいます。もうだいぶ前から、スポーツ選手やアイドルや音楽家、歴史に残るような公式を出すとか発明をする科学者になれるような遺伝子によってつくられてはいないことを受け入れています。映画スターみたいに美しくもなければ、サービス出勤の日曜日ほど醜くもない。重量挙げの選手のように強くもなければ砂糖菓子ほど弱くもない。二〇五四年二月二日が何曜日かわかるほどの数学能力はないけれど、スーパーで買い物をしていていくらになるかを知るために計算機は必要ない。言うなれば、完璧に平凡で、そうとうの昔からその通りに生きることを学んでいる人なのです。

あなたは超几帳面なほうで、いつもきれいに髪を整え、タンスの引き出しには下着がきっちり揃い、お皿は全て洗ってから外出します。日常生活の静けさを尊び、規則正しくまわる日々の繰り返しを楽しむ人なのです。

そのうえ、完全なる懐疑論者です。ほとんど本能的に、全ての例外、全ての説明不可能な事象、全ての神秘、不思議、秘教的なものを信用しません。あなたにとって、UFOは集団幻覚で、他の星に生命がある**可能性**はないわけではないけれど今の時点では何ともいえず、真の超能力などはなく、占星術は壮大なインチキで、チュパカブラは存在しません。そして言うまでもなく、神や天使たちは、ドラゴンやユニコーンと同様に、子どもや信者のために作られた全くの寓話以上のなにものでもなく、どれも似たり寄ったり無邪気なものなのです。

そうであっても、もしあなたの七歳の息子が、楕円形で彼の頭の大きさほどもあり、青緑色でいいぐあいに泥に覆われた石の塊を喜色満面に運んできて、目をキラキラさせながら「みてパパ！　ため池のそばで見つけたんだよ。キメラの卵だよ！」と言ったならば、真面目な顔をして彼に、キメラというのは伝説上の生き物で、ということはもちろん、存在しないのだよ、と諭すほど思いやりがなくて頭が固くはないでしょう。

それはもしかして、離婚したにもかかわらず前妻とうまく行っているとはいえず、その子に一週間に一度しか会うことが許されていないという状況のなかでもまだ、定義はどうであれ、いい父親らしくありたいと思うからかもしれません。そのうえ、日曜日いっぱいレーニン公園の隅々まで息子につきあった後で、壁に登ったり駆け回ったりボートを漕いだりポニーにのったり（遊園地が閉まっていたのがせめてもの救い……）したそのちびっ子は、子どもたちが備えている原子力バッテリーみたいなもののおかげでなにごともなかったかのように元気いっぱい……だけれどもあなたは疲れきっているからかもしれません。この状況で、現実とファンタジーの境界線についての、複雑でデリケートな教育的対話に踏み込むのはあんまりでしょう。

そういうことで、あなたは諦めて、その石の塊を自転車のかごに入れて文明社会に戻るためにペダルを漕ぐ他にしようがないのです。まるでうしろの荷台にのせた子どもの体重だけでは足りないかのように。その石ころが、大きさから予測されるよりはずっと軽かったとしても……。とはいえ助かった……なぜなら、あなたが巧妙にも、二、三キロ走るごとに、幼い息子に対してやんわりと投げかけるほのめかしにもかかわらず、小さな強情張りは、そこらの道路脇に置いていくという考えをきっぱりとはねつけるのですから。

さらには、家についてからも、あなたがテレビの前のソファに身を投げ出して、インダストリアレス対ベグエロスという選抜シリーズの決勝戦をみていてもぼんやりしてしまうほど疲れきっている横で、ちびっ子はそのわずらわしい塊の泥を細心の注意を払って洗い、熱帯地域のアパートの中でも一番暖かい場所であるコンロの下を置き場所に選びます。

そして座り込み、(あなたが泥のように眠っている間に)母親が迎えに来るまでそれを眺め続けているでしょう。出て行く前にあなたを起こし、あの、子どもたちだけが使いこなす、ものすごく大事な秘密を話す時の調子で、「パパ、これはぼくたちだけの秘密だよ、ママにはぼくらのキメラの卵のことを言わないって誓って」ときます。あなたはあくびしいしい同意して、再びその塊に目を向けてやるかもしれず……しかもそれがなんという鉱物でできているのか判別できないことを認めるでしょう。（あたりまえのことですけれど。地学の初歩さえ知らないのですから。でもそのことは口にはしません。もちろんです。）また、それは驚くほど均整がとれていて軽く、卵である可能性すらあることも考えます。（もちろん巨大なイグアナとかアオウミガメとかクロコダイルとかのものでキメラの卵などではありません、なぜならキメラなど存在しないのですから。でもこのことも大きな声では言いません。）……もう一度眠りにつくまでの話。

インダストリアレスは決勝戦で敗れるでしょう。波風を立てないために。だいたい、半句も口をきかないというのに、あなたが前妻に何を言うというのでしょう。子どもと交わした約束には普通の倍の価値があります……それにどちらにしてもあなたは、あんなアホみたいに迷信を信じていて占星術で生計をたててまでいる（しかも車から見るといい稼ぎみたいだ）ような女の前で、コンロの下にキメラの卵などという、こんなにも非現実、非科学的なものをしまい込んでいることなど、認めるはずがありません。

月曜日、朝、コーヒーを飲む間に例の塊を横目で見て、眉をひそめることになるでしょう。どうも……いや、石が成長するわけがない。単に少し大きく透明性がまして見えるだけだ。どちらにせよ、熱によって膨張したのだろう……そう、そうに違いない。もしかすると石ではなく、アフリカから来た風変わりな果物なのかもしれないと頭に浮かびます。何年も前にセリア・サンチェスみずからが、そういったたぐいの木々をレーニン公園に植えたという記事を読んだことがあるような気もします。ということで、納得した気になり、大きくなり続けた場合に備えて未確認卵形物体をコンロの下から取り出しておいてから、力一杯ペダルを漕ぎながら職場に向かうでしょう。

その日の昼頃、息子がオフィスに電話してきて、やっかいな卵についてあなたに尋ねます。あなたが不承ぶしょう少し大きくなったと答えると、彼は真剣そのもので助言するでしょう。「うん、そうか、もうすぐ産まれるんじゃないかな。気をつけてよ、パパ、しっかり見張っておいてね、キメラの赤ちゃんってのはたくさん食べるからね……何でも食べちゃうから。」そうして、上司のいぶかしげな視線を感じながら電話をきらなければならないでしょう。その前に、今日もよい日になるようにと言葉をかけ、存在しない生き物の奇妙な習性についてそんなに自信を持って語れるとは（少し心配な面もあるが）愉快なことだと伝えてから。

その日の夜、家に（職場から二時間自転車を飛ばして）帰ると、あなたを驚愕させる出来事が待ち構えています。散らかり放題。本は床に散らばり、花瓶は割れ、服は汚されて部屋の真ん中に投げ出されています。まず頭をよぎるのは、何者かがアパートに押し入ったことです。あなたのアパートにはどんなコソ泥にとっても戦利品となりそうなものなどなさそうだし、ドアがこじ開けられた形跡もなかったけれども、尖った神経によるすばやい視察の限りでは、本や小さな焼き物といったものがなくなっています。そして同時に、洗面台の下でまるまっている生き物をみつけるでしょう。泊まり客……思いがけない闖入者を。

　それは二十センチメートルくらいの大きさの小動物で、哺乳類なのか爬虫類なのか判別がつきません。しっぽはとかげみたいに緑で鱗があり、大きなとげが一列背中を走っているけれども、ビロードのぬいぐるみみたいに柔らかいライオンの産毛のようなものが、脇腹と四本の子犬のような厚みのある足を覆っています。そして肩のあたりになにやら二つの膜質の袋をもっています。頭部はもっと奇妙で、大人のライオンのようですがミニチュア化されています。たてがみが生え揃い、二つの目、歯がびっしりと生えた口……なかにはまだ『国際共通度量衡』の革表紙のきれはしが絡まっており、大惨事の犯人であることを表しています。しかしこれがなんにせよ、子犬たちにのみ許されるような無邪気さで眠りこけているのです。

台所へ行くと、小さな悪魔が耳元で予言した通りに未確認卵形物体の残骸がコンロのそばにあり、疑わしいことだけれども、どうも大きな割れた卵の殻の欠片のようであることを確認すると、あなたはトイレへと戻って数分間便器の蓋の上に座り込み、びっくり仰天した脳みその嵐のごとき想念が通り過ぎるのを待つでしょう。あなたにとって、このような思考は『X－ファイル』とか『スターゲイト』とか『トワイライト・ゾーン』といった日曜日に放送されるアメリカ合衆国のSFシリーズの登場人物にこそふさわしいもので、あなたのように全く普通のキューバ人で、二十世紀の、キューバの、ハバナの、アラマル地区のど真ん中に住む者のものではないのです。

一、件の生き物は、遺伝的変異を起こしたネズミ、猫、イグアナ、カメレオン、ワニのようなもので……原因は、アルメンダレス川の汚染？　フラグアの永遠に完成しない原子力発電所から漏れ出した放射能？　オゾン層の穴？　あまりに大豆の栄養価が高いから？　あなたは生物学者ではなく、そうしたことの知識もありません……そいつの母親はなんであれ、貯水池の岸辺に卵を残した。

二、未だ知られていない種の生き物である。生きた化石の一種かもしれない……毎日のように新種の昆虫が発見されていると読んだことがあるし、この虫……にしては少し大きめだけど、ありえるだろう。そう、キューバなのだから。そして奇妙だが実際問題、カモノハシみたいに半分哺乳類で半分爬虫類というものも存在する。ということは、ありえないことはないだろう？　自然は広大なのだ。そうだろう？

三、ＣＩＡかペンタゴンの邪悪な実験のひとつで、キューバの生態系と経済を破壊する試み……。図書館の本をむさぼり尽くすことによって？

四、前妻と息子がしくんだ、手の込んだ冗談である。あなたの懐疑的姿勢をバカにするために、やせた猫に鱗とゴムかなにかで化粧をほどこした。もしあの場違いなしっぽを引っ張ったとしたら、とれてしまうかもしれない……し、とれないかもしれない。信じがたい数の歯をもつあの……あれ、を見るところでは、試してみるのは危険かもしれない。あなたは狂犬病の予防注射をしていないので……。

五、他の星から来た生物の一形態である。卵の残骸をとっておいた方がよい。宇宙と大気圏を通過してきた証拠になるかもしれない。

六、伝説上の生き物で……

断固としてありえない。キメラなど存在しない。

あなたは気持ちを落ち着かせるために、家を掃除し整頓することに集中するでしょう。卵の殻を探しにいったとき、コンロのそばに灰しか残っていなかったとしても、本当に落ち着きを取り戻す役にはたちません。自動消滅する殻？　ジェームズ・ボンドと何らかの関係があるのだろうか？

未だにその……それの、消化システムの真の可能性に疑いをもちながら、あなたは、これ以上の本や民芸品を失うことがないように用心深く、おっかなびっくり、残った段ボールや古新聞、それに《資源物回収の土曜》にCDR（革命防衛委員会）に出そうと考えていた空の瓶へ手を伸ばし、洗面台の周囲を戦術的に整え、より安全を期して、就寝前にトイレのドアに掛け金をかけたりします……。

その夜はよく眠れないでしょう。ユニコーンやケンタウロスやドラゴンやペガサスが夢に出てきます。

火曜日。あなたは半分眠ったままで、サンダルを突っかけてトイレへと急ぎ、ドアを開けたとたん目にした光景に、ショック死寸前になるでしょう。その……生物が、朝飯として瓶類、ペットボトル、古新聞、段ボールという、前の晩に置いたものをガツガツと平らげています……ずいぶんよく食べたに違いありません。なぜというに、目を疑うことですが、一夜のうちにコッカースパニエル犬ほどの大きさにまで育っていたのですから。いま現在、大変満足そうにかぶりついているのは他でもない洗面台で、まるでそれが固く無味乾燥な磁器ではなく、やわらかく極上のメレンゲであるかの様子です。

害獣である可能性もあると、膀胱を空にする必要に迫られながらも、あなたは一瞬考えるでしょう。少し間をおいてその……存在物は、あなたがいることに気づくと、食事をいったん止めて、軽快な跳躍によって洗面台の残骸に飛び乗り、優しくしめった舌であなたの顔全体をひとなめするでしょう。

うわっ……しかし少なくとも攻撃的な様子はないようだ、とあなたは冷静に考え、そして小水を出し、顔を洗い、歯を磨く間に何の気なしにそれを撫でることでしょう。これは何やら奇妙なものだが、悪くない……有名な映画のグレムリンのようだ。そしてあなたは密かに、こういったものの唯一の所有者であることを自慢に思うでしょう。とはいえ、その驚くべき、飽くことない食欲のことが心配になってきます。自宅外に出し、他の人もしくは機関のもっと……資格があるところに預けるのが賢明なのではないだろうか？　内務省とか、科学アカデミーとか。グレムリンみたいに壊滅的な災難となる前に……例えばアパートを全部食い尽くしてしまう前に。

　けれども瞬時に息子と交わした約束を思い出し……彼のがっかりした顔を想像します。「ぼくたちだけの秘密って言ったのに、すぐにみんなに言っちゃうんだね……。」という息子に、おぞましい裏切りをあざ笑うような前妻の勝ち誇った顔を伴った光景が、この哺乳類の赤ん坊はここに置いておくべきだとあなたに決意させます。秘密裏に、科学的研究などから遠ざけて……少なくとも、次の日曜日に息子が見るまでは。

　しかしこのことは、それまでの間、あなたの家具をお盆に載せて差し上げる、ということではありません。なので、用心深くもう一度トイレのドアを閉め……あの食欲で洗面台、便器、と平らげていく場合に備えて、通路の鍵も閉めます。そして分厚い書類入れと、離婚したときに前妻が蔵書の中で唯一忘れていった、ロバート・グレイヴズの『ギリシア神話』を手に取ります。念のために、キメラについて何らかのことを知っておくのも悪くないだろう……。

大変な日になることでしょう。昼飯時には、本をめくりながら、あなたはキメラというのは一匹しか存在しないことを知るでしょう。獰猛な怪物で、蛇と山羊とライオン（あいのこは見栄えがするものだ）が混ざったもので、英雄ベレロポンテスがペガサス（これも唯一の。ギリシア神話の怪物たちは、みな一例しか示されないようだ）に乗って、永久に葬り去ったものだけなのです。そのキメラたるものが卵を産むとか、紙、ガラス、陶器を食べるだとか、かわいく優しい赤ちゃんだとかはどこにも書いていません……ということは、あなたはより安心して、家で待っているものがなんであろうとも、キメラであるという可能性はそう高くないと、結論づけるでしょう。

帰宅して、もはや何があっても動じないと思っていたにもかかわらず、あの小動物を確認することは驚きでしょう。シェパード犬ほどの大きさになり、家中を我が物顔で歩き回り……四脚あった椅子の最後の一脚を、足も含めて全部、食べ尽くそうと精を出しています。食欲はつきないようです。諦念を持ちつつ見回った結果、蛇口だけを残して洗面台と便器を食らい尽くすだけでは満足せず、トイレのドアに取りかかり（鍵の部分は残して）、そこから逃げ出すと家具へと飛びついたようです。

大惨禍のなかに良い情報もあります。この途方もない小動物は、金属が好きではないようです。少なくとも、冷蔵庫と、その内部のあなたが食べることができるものは尊重するようです。地べたに座ることになるけれども。そういうことで、フィコ（そう名付けることにしました）がテーブルを夕食にしている間、あなたは諦めて、失った（そして見たところ失い続ける）全ての物質的所有物のはかなさについて考えを思いめぐらします。頑丈な首輪のついた太い鎖を買ってやるのもいいかもしれない。用心のために……。外への扉は鉄だから（このアパートには臆病でパラノイックな老人夫婦が住んでいたのです……ありがたいことに）少なくとも外には逃げ出さないとしても。最後には、日中起こった数々の出来事に疲れきりあなたは眠り込むでしょう。

水曜日、前妻の家に電話して、一度だけ規則に反してちびっ子が週の途中に来られるようにと、真剣に彼女と息子に話そうと決めて仕事に出かけます。すでに子馬ほどの大きさのフィコは、いっていらっしゃいませ、とでも言うように、あなたの腰や足に甘えてすり寄るためにテーブルの咀嚼を中断するでしょう。するとあなたは、ビロードの脇腹をなでながら考えはじめます。結局、もっと悪いケースもありえたのだ、こいつのギリシア生まれの神話的祖先のように獰猛だったとしたら……こんな思考は即座に自己検閲にかかります。なぜならフィコがなんであろうと、キメラではありえないのです。そのような可能性は完全に除外されています。キメラなど存在しません。

週の中でも最もうんざりするこの日、あなたは気もそぞろで、超絶ぼんやりしている上司でさえそれに気がついて何回も注意をされるでしょう。電話をすることしか考えられません、囚人が釈放の日を待つように……。最低最悪なことに（予想どおりに）あなたの我慢ならない前妻は、規定の日曜日以外に息子が会いに来ることを全くもって拒否するだろうし、拒否することを明らかに楽しんでいる様子でしょう。さらには、あの子が電話に出たとたん「パパ、あのこと誰にも話しちゃだめだよ、今は何も言わないでね、ママが台所の受話器で聴いてるから、知られたくないんだ。日曜日に会おう……。」と言うのを追うようにして、父子間の秘密についての小言や文句の第二ラウンド……ガチャンと切れる音、それだけです。

その夜、あなたはフィコの首回りに軍事訓練時代の革帯をつけ、近所の機械工が貸してくれた（実際のところずいぶん奇妙な頼み事にも関わらず、とても親切なことです）船の碇（いかり）を支える立派な鎖で配管に固定するでしょう。そして、より心静かに、膝に皿をのせ、そのつど空間が広がる居間の床に座り、小さな象ほどもある（ソファーとベッドを平らげた）フィコのビロードの脇腹にゆったりと背中をもたれて食事をすることは、かなり魅力的だということを知るでしょう。そして初めて、いままでカメラを買おうと考えたことがなかったのを悔やむでしょう……ドルを持っていなくとも買えた時分に。もしフィコが逃げてしまったら……この存在の反駁の余地のない証拠がなければ、誰も一連の出来事を信じはしないでしょう。けれども、あなた自身も驚くことに、それが大した問題だとは感じません。

その夜は、その獣の温かくやわらかい脇腹によりそって眠ること以上に、奇妙な夢を見るでしょう。あなたはフィコにまたがって顕微鏡を手に、逃げ切れずに疲れきったベレロポンテスの背中によじ上ったペガサスを追いかける……。

木曜日。（床の上で）目を覚ますと、フィコが側にいるという快感と、朝ご飯を咀嚼する継続した物音が恋しくなるでしょう。ありがたいことに、あの体積をもつ身体が隠れるような場所は一人暮らしのアパートにはありません。そして、鎖はそれほど長くありません。フィコはバルコニーの隅にまるまって、低くうなっています。かわいそうに……。（でも最上階で良かった。近所の人が見たら……。）まず思うのは、ブラインドをすべて食べ尽くしたために、繊細な胃袋が痛んだのではないかということですが、まもなく両肩の膜状のこぶがものすごく腫れ上がり、脈打っていることに気がつきます。唐突に、一日中この獣に付き添いたいと思うでしょう。（多分にして存在しない動物をどのように面倒見ればよいのか？　犬みたいに獣医に診せればよいのか？）けれども、今日だけは無理なのです。月末が近づいて、帳尻合わせの仕事がオフィスで山積みになっています。そのため、あなたは毎朝しているように、あなたと一心同体の自転車に乗りますが、今回はいつになく後ろ髪を引かれる思いです……。

日中は息つく暇もなく仕事に追われますが、おそらく帰宅中に、自転車速度の新記録を打ち立てることでしょう。たった四日のうちに人が一匹の筆舌に尽くしがたい動物（？）に対して抱くには驚くべき愛着です。

フィコは同じ場所に、何も食べないままいます。寝室と居間の仕切り壁まで好き勝手に食い尽くした後、アパートには多くの食べられそうなものが残っていた訳ではないけれど、どちらにせよ落ち着いてはいられない症状です。あなたが撫でると低く喉をならし、力なく舐めようとまでします。肩の袋は、トランクほどにも腫れ上がっています。獣医を呼ぼうという考えはだんだんと真剣味をおびてきますが、大騒ぎを演じる前に、あなたは眠り込んでしまいます。

金曜日。家に、低くうなるフィコを残して出かけてしまうことは、人生で最も難しい決断のひとつとなります。事実、遅れてオフィスに着き、機械的にぼんやりしたまま働きます。昼休みには上司が、ずいぶん具合が悪いようだから今日は早退したらどうか、と言うでしょう。

あなたは限りなく気持ちが軽くなり（奇跡は起こるのだ）言われた通りにします。

家に帰り着くと、フィコの容態はほとんど変わらず、むしろ悪化しているでしょう。様々な考えが頭を駆け巡ります。消化不良？　そうであるならば？　この大きさの動物にはバケツでノバトロピンをやらなくてはならないだろうか？　もし死んだとしたら？　食べられるのかな？　何百ポンドもの肉が、このビロードのぬいぐるみみたいな毛並みの下にあるぞ。もしなんの役にも立たなくて臭いはじめたら？　跡形もなく卵の殻と同様に灰になったら？　息子になんて言えば？
真夜中、フィコはうめき、身をよじり、その場でころげまわり、痙攣し、太い鎖は紙でできているかのように千切れます。肩の腫れ上がった袋が破れ、硫黄臭のゼラチン質の体液がしたたり、巨大な二枚の翼が突如としてバルコニーいっぱい、そしてその先まで、広がります。

あなたは口をあんぐりと開けたままです。驚異的な構造物は端から端まで十メートル以上あり、白く、鳥類と何の変わりもない羽で覆われています。信じがたいことです。爬虫類？　哺乳類？　鳥類？　さすがにこれに比べると、あの奇怪で有名なカモノハシも普通に見えてしまいます。これらの事実から、結果的に、息子と前妻が正しかったことになるとしたらこれは……。

フィコがあなたの思考の邪魔をします。明らかに喜んで、新しいおもちゃで遊ぶ子どものように、ためつすがめつ巨大な翼を開いたり閉じたりしつづけています。その準備運動は、密やかで素敵な音がします。広げたシーツが強風にはためくような。でも、ちょっとまって、準備運動？

それ以上のくだくだしい前置きはなしに、制止しようと考える間もなく、フィコはバルコニーから飛び立ちます。やわらかなうなり声を発しながら。力強い数回の羽ばたきで、すでに十八の区画を飛びこし、星が瞬くアラマル地区の暗い空へと、やわらかな轟き（とどろ）とともに消え去ります。

三十秒ほどたって、あなたはやっとのことで口を閉じて現実を受け入れます。行ってしまったのです。そして何も考えないようにしながら、ほこりを払い、家の整頓に取りかかります。そうすれば日常生活に戻れるかのように。掃き、流し、壁を洗い、乾拭きし……ついに、もう真夜中をとうに過ぎたころ、疲労からガランとした床に突っ伏して眠ります。

その夜は、ここ数日で初めて、夢を見ません。

土曜日。ほとんど昼になって、背中の痛みとともに目覚めます。フィコの神話的な食欲によって壊滅したアパートはいつになく空っぽで、広く荒れ果てているように感じられます。

信じられないような一週間の無言の証人のごとく、冷蔵庫、テレビ、あなたの古い中国製の自転車、いくつもの輪がズタズタに引き裂かれた四メートルの太い鎖だけが端っこに残されています。

力をかき集めるように、床の固さも気にせずあなたは長い間寝そべったままでいます。ついに立ち上がると、顔を洗い、冷蔵庫の中に用心深く隠しておいた紙とボールペンを取り出して、あなたの元の生活を（おおよそであれ）立て直すためにしなければならないこと全てをリストにしはじめます。まずは機械工に返すための鎖を手に入れるとか、新しい家具を買うとか。用心深い男らしく、銀行の通帳も冷蔵庫の同じ場所にしまってあります。このところの預金額からみると、現在の残高では小さなマットレスの他に買えるものがあるかは疑わしいとはいえ。

しかし、間もなく気がついたのですが、とにかく今日という日はもう何もしたくありません。出かけたくも、他の鎖や家具を探しにいきたくも、なにか食べるものを用意したくも、いつもの習慣を繰り返したくもありません。まるでなにか根本的なものが、突如として生活から失われたようです。

土曜日はときに、週の中で最も長い日となることがあります。時間はのろのろと過ぎ、あなたは催眠状態でテレビを見て、機械的にスパム缶の内容物を消費し、まるでそれが激烈な祈禱(きとう)文であるかのようにロバート・グレイヴズの『ギリシア神話』を読み、読み返します。どうにか、なにか……。

そして時々、息子のこと、彼のファンタジーのこと、フィコについて、その確認のしようのない存在について考えます。あなた自身に、技術的かつ懐疑的な男に対して、この数日起こったものごとをどう説明すればよいのかとも。頭がおかしくなった可能性についても。今後どうして、チュパカブラの存在を疑い続けることができるのかとも……。少しの間なんの成果もなく思考を巡らした後、テレビに集中しようと再び虚しい試みをします。

日が落ちます。けれどもあなたはシャワーを浴びず、香水もつけず、一張羅に着替えることもなく、家から出ず、土曜の夜の熱気にも屈しません。夢遊病者のように、パジャマにサンダルでバルコニーへ向かい、薄暗がりを、思い思いにテレビのアンテナが散りばめられたアラマル地区の屋根々々のむこうに広がる、星が瞬く広大な薄暗がりを、見やります。なぜかわからないまま、何処を見るでもなく、長い間そこにいます。

何も起こりません。あなたは大きく息を吸い、ひとり得心します。全ては夢だったのです。キメラなど存在しないのです。奇跡も。フィコだって現実ではないし、どちらにせよ戻ってこないでしょう……。

突然、物音が近づいてきます。巨大な翼のはためきのようです。大きな影が夜に浮き上がり、バルコニーを支えている梁は不意にかかったフィコによく似た……ただしもっとずっと大きなもののものすごい重さににぶい音をたててきしみます。そのなにかは大きな目玉で、何か言いたげな様子で、あなたにはわかるとでも言うように、見つめています。待っているかのように。

とにかくあなたは、支えを求めるように後ろ手に探りながら後ずさります。あなたの部屋の方へ、分別と日常の方へ。いま頭に浮かんでいることがあるはずがありません……あなたには決してそんなことはできないでしょう。あなたは普通の人間で、仕事があり、生活があり、前妻がいて、教育し面倒を見るべき息子がいます。けれども背面には空っぽの空間しかみえず、再び視線を、肯定しているかのように頭を上下に振るフィコに注ぎます。

そうしてあなたは、目を閉じて深呼吸し、一歩前へ踏み出します。そしてもう一歩、一歩。どのようにしてかわからないまま、大きな胴体に、自然に隆起して椅子のようになっている二つの大きなとげ（？）とさか（？）の間にぴったりとおさまっている自分に気がつきます。

フィコは待ちきれずに翼をはばたかせ、あなたは力を込めてつかまります。風が髪を乱す。これまであれほど気に障っていたことが気になりません。それどころかいい気持ちです。

唯一、息子に別れが言えないこと、キメラは、少なくとも時には、存在するのだと語ることができないこと……そして何よりも、いま、彼に会えないことが残念です。キメラにまたがり、夜へ、未知へと、冒険に向かういま。

で、それから？　あぁ、そう、もちろん……。

それ行け！　フィコ！

二〇〇一年一月十六日

時のない都市

La ciudad sin tiempo

同僚のオーランド・ルイス・パルド＝ラソに。
『*Voces*』のコラムで説く世界教会主義の素晴らしさから……。
死の痛みについての文章を読んでいるときに
このテクストのアイディアが生まれたため。
この先百回以上連載が続きますように。
ムミア・アブ＝ジャマール……それからチャールズ・マンソンに。
『見えない都市』の、イタロ・カルヴィーノに。

諸行無常。万物流転。

世紀や千年紀、それは全てを齧り（かじり）とる巨大な鑢（やすり）の固く鋭利な歯、時である。その忍耐強い咀嚼（そしゃく）の前に、天体そのものが弛（ゆる）み移ろいゆく。アイオーンが過ぎ去ることで、星雲も星座や惑星に、星々はブラックホールに、姿を変える。

空々が無慈悲な時の前に跪く（ひざまず）というならば、地勢も、どれほどその永遠性をうぬぼれようと、同様に屈服する他ないだろう。

川たちも流れを変える——ミシシッピ—ミズーリのように。大きな陥没は海となる——地中海で起こったように。海は湖に変わり、それから干上がる——カスピ海やアラル海のように。もしくは消滅する——紀元前の海、テチスのように。森は砂漠になる——サハラのように。巨大な洞窟の天井は崩壊し、キュクロプスのような円柱や小山だけが、証人であるかのように残る。

島々は沈み、大陸が生じ、地理年紀は入れ替わる。なにものも永遠に残ることはない。時とはエントロピー。両者ともに止めどなく、無慈悲。

生命ある物質もまた永続しようと試みる。ほとんど悲壮とも言えるまでに。しかし長寿の大亀、オウム、鯉の生きるわずか数十年、セコイアの数世紀などは、数百万年という地理年紀に対していかなるものか。

とはいえ、時に打ち勝つことはできずとも、生命が時を出し抜くこともある。変化、更新、複製、革新という武器を使って。ある個体は儚(はかな)いものであるのかもしれないが、非常に成功し耐久力のあるその種は、数百万年も続くことがある。アンモナイトや三葉虫や恐竜のように……これらも最終的には絶滅したが、いまだサソリ類、サメ類、ゴキブリ類は生き延びている……。

ときに、変化とは単に同じであり続ける方法にすぎない。存続のための。

生命は、知性を通して、時を出し抜こうともする。諸文明とは人類の種(しゅ)である。あるものは夜闇のなかへ痕跡も残さずに消えてゆく。レムリア、アトランティス、フォモールのように。またあるものは、他のものと融合する前に歴史の銅板に軽く爪痕を残してゆく。クルガン、ペチェネグ、サルマタイ、スキタイ、ピクト、エトルリア、トルテカ、モチェ、アシュケナジム。

だが、吸収されずに耐え、周囲が激烈に変化しているときでさえ自身の伝統に固執し持続するものもある。ヘブライ、エスキモー、タタール、アイヌ、マサイのように。

その永きにわたる時との戦いのなか、人間は早くから地勢、石や水と、連携する術を見いだした。そして都市が起こった。あるものは、その威光が声高に語られ、今日ではほとんど伝説となっている。石ころさえもその記憶を留めてはおらず歴史と神話の間にいる、ザナドゥ、オフィール、エルドラド。その他に、華麗なる全盛期が知れ渡り、住人に見捨てられつつもかろうじてその偉大さの影をとどめる、ジンバブエ、テオティワカン、アンコールワット、カルタゴ、ペトラ。

だがときには、それがなぜなのか誰も知らないが、都市とその居住者の間の驚くべき調和が達成される。そのようなとき、時は敬意を払って距離を置き、都市は何世紀にも及んでその隆盛と衰退、他の部族からの征服や侵略を生き延びる。突然変異生命体や多肉植物のように。時間を超越する特権を享受する、メンフィス、テーバイ、アテナイ、バグダッド、ダマスカス。エルサレムやメッカ。エスファハーン、デリー、カトマンズ、サマルカンド、ブハラ、北京。同様に、クスコ、コンスタンチノープル、そしてローマも伊達に永遠の都と呼ばれているわけではない……他にもいくつか。

そしてまた、都市が時を欺く別の方法もある……。

＊＊＊

「おはようございます、アスパルさん。」

「三文得するかな、ウィルデュル……この暑さのなか、できるものなら、せめて客がきたときくらいはエアコンの温度を下げてくれんかね。わしらの時代には十二月には涼しくなったものだったよ、神のご意志どおりに。」

「そして鹿は森で自由に遊びまわり、毎週金曜日の午後にはコカコーラがタダで空から降ってきた、と言われるのでしょう。しかしこれが私たちの時代ですよ、地球温暖化とかそういうもののせいで……シカゴやアブラクサスのほうがひどいと思って気を鎮めてくださいよ。あちらでは一日に四時間以上はエアコンを使えないことになっているんですよ。いつものでよろしいですか?」

「そうだな。ソーセージは固くなっていないところをたのむよ……もう豚肉でさえ昔のような味がしないな。」

「合成ものだからですよ、プランクトンベースのね。いまさら何を言っているんですか、アスパルさん。天然ものなんて存在しないし、昔のようなものはないとわかっているじゃないですか。明日になったらまた、今日と同じようにはいかなくなっているのではないでしょうか……はい、一ポンドです、読み取り機の上に手をかざしてください。」

「復古的で懐古的な老人だとでも言ってくれたまえ、でもお金にしたって本物の方がいいにきまっている。この埋め込み式チップのせいでリウマチがひどくなる。」

「何も言うことはありませんよ、常にお客様が真実なのですから……支払いがある限りはね。そうそう。しかも、チップを使うと種なしになるっていうじゃないですか。」

「冗談よせよ、ウィルデュル。氾濫する科学技術が我々を滅ぼそうとしているぞ、うちの祖父は八十九歳のときに父をもうけた……対して、このあいだ子孫選定検査をした妻のチルダは、レースのブラジャーじゃなくて、ホロカメラに手を突っ込まされたということだ。」

「今日ならおじいさまに人口条例違反で罰金が科せられるでしょうね。もうわれわれは九十億人なんですよ……。」

「そうだな、人が多すぎる。そして他のものは少なすぎる。良い日を、汗をかきすぎないようにな、ウィルデュル……できるものなら。」

「心がけますよ、アスパルさん。お気をつけて。チルダさんに、来週は彼女が好きなバッタのコロッケが入荷していますとお伝えください……。」

「私としてはそんなこと伝えたくないね。虫を食べるようになるとは考えもしなかったよ……。」

「次の方……。」

「こんにちは。」

「どうもご利用ありがとうございます。何にいたしましょうか？　天然の肉はあるかどうかと訊かれる前にお知らせしておきます……法律で厳しく禁じられているんですよ。」

「あいかわらず目端が利いているな、アサヒーロ。私の服装から、金が余っていて特別なものを探していると推測したのか？　素晴らしい。そのとおりだ。」

「あなたさまのスーツはハッキリと、クレジットチップは潤沢だと叫んでいますよ。しかし詳細については勘違いなさっている。私はウィルデュルと申します、ナメル・ウィルデュル。あなたのお顔と格好には確かに親しみを感じますが、実際には以前にお会いしたことはありませんので、なぜそのように気軽なお言葉を使うのかわかりかねますが……。」

「ずいぶんな教養、ずいぶんな礼儀。おどろきだ。実際……まあ、簡単には行かないと思っていたよ。」

「はぁ。なんのことをおっしゃっているのですか？　あなたは……？」

「フスバル。イサト・フスバルだ。で、こうして顔を合わせている今、ナメル・ウィルデュル、少し訊きたいことがある。」

「お好きなように、フスバルさま。それから、私たちは知り合ったばかりだということを考え合わせますと、できましたら私にぞんざいな……。」

「口を開く度にもクソ扱いしてやるよ!! わかったか!?」

「お客様、そう興奮なされると……お年頃からして、危険ですよ……心臓発作は前触れなしにやってくるといいますから、九十も過ぎると。わかりました……あなたの死を背負いこみたくはありません。そのようになさりたいなら、してください。で、私に何かご質問が……。」

「おい、私がお前に質問するところだったんだ。この肉屋で何年働いてるんだ? ナメル・ウィルデュル。」

「はあ……よいご質問です。父を手伝いはじめたのが、十三歳のとき。そしていま六十四歳です。なので足し引きしますと。まだ年寄りではありませんが、生涯を通じて、と言って差し支えないですよ。」

「は、なにが生涯を通じてだ? で、賭けてもいいが、その隅にあるホログラムはまさにお前の父親ってことだろ……。」

「はい、ハフラム・ウィルデュルです……しかし残念ながらそれはバーチャルに再構成されたものです、フスバルさま。なので似ているかどうかは保証できませんよ。父がその年齢だったとき、ホログラムは一般市場に出る前だったのです。」

「美しい話だ、小さな家族商店を引き継いだ孝行息子。そして年長者に敬意を払うため、苦境から脱することはできないまでも、少なくとも多国籍フランチャイズの巨大企業のかぎ爪から遠く離れて店を維持している……。」

「まあそうですね。これが私の人生譚で、それ以上でもそれ以下でもありません、フスバルさま。」

「それがいいなら〝あなたさま〟で呼び続けるがいい……私は、お前、という言葉のほうが楽だ。このほうが……簡単だ。ということで、さて、ナメル、ナメル・ウィルデュル。地元に密着した肉屋。この町で三軒あるうちの一軒で、少し前までは〔ユダヤ教の規定にのっとった高品質な〕コーシャ特製品まで扱っていたんじゃないかね。」

「まだありますよ。私どもの町は少数民族を尊重する政策をとっていますから。今日では火星外で本物のユダヤ人に出くわすのはとても難しいことだとしても。〈第二次ディアスポラ〉ですよね……。しかし私のところのものは野菜タンパクからできた最高級の合成肉でしたよ。この店舗は先駆的にそれを商業化す……。」

「もういい。ナメル。で、そういったすべては嘘っぱちだと言ったら？」

「嘘ですって？　どういうことだかよく……。」

「嘘っぱちだ。作り話だ。幻想だ。でっかい、真っ赤な、べったべたの、大嘘だ。お前と、この肉屋、私が来る前に出て行った高潔なるアスパルさん、お前が愛着を込めてアホくさく町とか呼んでいるこの区画や、手垢にまみれた廃村。全てはモンタージュで、しかも〈契約の箱〉そのものであるかのように隠されている。この場所を突き止めるのに何百万クレジットもかかり、それから何週間も見張ってたんだ……。まったくもって、中東のど真ん中にこんな定住地があるだなんて私も……。」

「ああ、それで。なぜ私があなたに見覚えがあるのかわかりました、フスバルさん。この地区をぐるぐる歩き回っていましたでしょう？　そこらの人と話をしたり、辺りを見回して、なにかちょっとしたものを買ったりしながら……お客様にも、そのことについて話題にされている方がいました。このあたりでは、あまり外の方は見かけないのですよ。」

「小さな村の大きな噂、だろ？　人は他になにもすることがないと、よくしゃべるもんだ。だから見覚えがあると感じるのかもしれないな。もちろんだ、ナメル・ウィルデュル。だが、正直言って、アサヒーロ……本当に、どこか奥底で、我々がずっと前に知り合っているとは感じないか？」

「またその名前ですか、お願いですからそんな……。」

「口にするなと？　アサヒーロ、アサヒーロ。マルグル・アサヒーロ。なんだ……お前の本当の名前を聞くのが嫌なのか？」

「私の本当の名前？　バカなことを言わないでくださいよ……。そうは見えないかもしれませんが、私もいそがしいのです。例えば、もう数分の間にはプランクトンの桶をかき混ぜないと、タンパクの生地の味が落ちてしまうのですよ。なので、もしなにも買わないのであればどうかお帰りになって、あなたの世迷い言から私を解放してください……他のお客様を驚かせてしまいます……ご存知のように、私はこの町唯一の肉屋というわけではなく、競争も激しいのですよ……。」

「お前の素晴らしいお店に、今日はもう客が来ないと保証してやるよ、アサヒーロ。ずいぶん金がかかった、ものすごくだ。こうして確実を期すためにな。おい、正面に防犯カメラはあるか?」

「はい、しかしそれは安全を求める全ての商店に保証された権利でありまして……。」

「いや、訊くまでもないな。お前は用心深い店主だ。私も同じことを言うだろう。だがいまはちょっと私の言うことを聞け……カメラを確認しろ、何が見える?」

「外に人がいて、ちょっとした喧噪です、どうやら原因は二人の男が売っている缶詰の……肉の缶詰を売ってるじゃないか!! あんな二人組はみたことがない、肉屋でないことは確かだけれど……あの保存食のことはよく覚えています、十年前の中国製の、最上のフリーズドライ缶じゃないですか。でも、大金を積んだとしてもいまでは手に入らないのに、どうして……?」

「その二人組は、確かに肉屋ではない……私が雇ったのだ。そう、まさに売っているのは天然のフリーズドライされた中国製の肉で、もちろん、プランクトンや大豆の濃縮物ではない。こんな日が来ようとは想像もしなかっただろうな。お前の言う通り、金同様に値が張ったよ。ものすごく安く売っているから、あまり利益はでないだろうよ……むしろ、元金も残らないだろう。お前の純朴な同郷人たちのためだよ、もちろんさ……。だが、おかげで少なくともお前とのちょっとした対話が保証されているわけだ、な、アサヒーロ。よくできた計画だろう? 私の手下が缶入りの中国製ネズミ肉をお前の店の前で馬鹿げた値段で売っている限り、我々を邪魔しに誰かが入ってくることはない……そしてそのためにどんな法律も侵してはいないのだ。」

「フスバルさん、あなたは狂っているんだ。金をばらまきたいとしても、なぜここ、私の店の入り口でなければならないんですか。昔の札束か金目ものの金券を買って、暖炉で焼いたらいいのではないですか？　私に損害を与えているんですよ？　私は単なる商店主で、正直な、税……」

「税金も払い、エボラ出血熱とネオ・エイズ撲滅連盟に献金し、惑星地帯植民地の分担金をきちんと支払っている。そんなことは全部知っている。お前を調べ上げたんだ……つまり、お前が自分だと思っている人格のことをな……。」

「どんどん理解不能になってきて、恐ろしくなりますよ。今すぐに店から出て行かないなら、警察を……ちょっと、お願いですから！　こちらに向けないでください！」

「そのボタンを押そうなどと考えるな、アサヒーロ。税関で〈美術骨董品〉を通すのにも、とんでもない額の賄賂がかかったんだ、だがいい……人間ってもんは誰でも、どんな正直者だって、金で買えるんだ。そして払う価値もあるんだ、違うか？　この古い手持ちクロスボウは現代的な神経遮断兵器と同じ効力があり……ずっと静かなのだ。当然、矢には毒が塗ってあるから、この方法なら、飛び上がったり、映画の主人公みたいにもだえたりすることもないんだ、わかるか？」

「何がしたいんですか？　今日の売上金をあなたのチップに入れることもできますが、多くはありません。あなたの服装からして、そんなはした金は必要でないでしょう……さらには、あの肉の缶詰……なにがなんだか、わかりませんよ。私はただの小さな商店主で……なにを私に求めているんですか？」

「お前にちょっとした物語を話す間、耳を傾けていればいいんだ、マルグル・アサヒーロ……。」

「フスバルさん、繰り返しますが私の名は……あぁぁぁ！　その矢で遊ぶのは止めてください！　肩をかすめましたよ！」

「単なる警告だ。次ははずさない、わかっているだろうな。私が許可を与えない限り、二度と話を遮るな。わかったか？」

「はいいい……わかりました……しかしなぜそんな……。」

「黙れ、今すぐだ、頼むよ。ここでしゃべるのは私なんだ。わかったか？　さて、私の話をしよう。昔々あるところに、とても金持ちで、とても孤独な男がいました。彼の名はイサト・フスバルといいました。そう、それは私、バカだった私。世界中のすべてのお金を持っていて、世界中のお金で買えるものをすべて持っていました……ただ一つのものをのぞいて。真の友情を分かちあえる伴侶です。あぁ、ごますりの寄生虫や偽善的な娼婦たちに不足はなかった。最も高名な芸術家たちは、私のパーティーのテーブルの残り物を舐(な)めるために喧嘩した。世界の最も有名なホロドラマ女優たちは、私のシーツに潜り込むために髪を引っ張り合った。だが私は、人々を惹(ひ)きつけているのは私のクレジットチップでしかないのだと知っていた。ところが幸運なことに、マルレシスが現れた。特に美人でもセクシーでもなく、光彩を放つ胸でも唇の多い女性器でもなかった……だが優しく自然体だった。そしてなによりも、私の持ち物ではなく、私自身を愛してくれた。それ以上求めるものはなかった。彼女は私より若く、私は彼女を愛していた。そして私たちの愛は本物だった……何か言うことはあるか？　アサヒーロ。」

「あなたは幸運な男でした、フスバルさん。正真の愛を与えられる人なんてほとんどいません。結局全てをお持ちに……。」

「黙っていた方が身のためだ、馬鹿げたことを言う前にな……とはいえそう間違っているわけじゃないがね。実際、結局全てを手に入れたのだ……お前が私からマルレシスを奪うまでは。」

「え？　すみませんが、あの、しかし私は決して……わかりました、黙ります。矢を撃たないでください。」

「私から彼女の愛を奪ったなどと言ってはいない、このクソ野郎。彼女は決して、お前みたいなスポーツ野郎で間抜けなナルシスト、もしくはステロイドで膨張した筋肉のメディアスターなどの誘いなんかに乗らなかったんだ。しかもＩＱ百九十で……お前には脳みそがなかったという言い逃れもできない。もちろん、お前は宇宙は自分のもので、特にまとわりついている何千という女たちの主人だと考えていた。お前はパーティーで彼女を見つけ、私と一緒にいたのもかまわず、彼女にちょっかいを出した。あたりまえのことだが、彼女はお前を振った。そのために、お前は彼女を殺した。怒りと腹立ちに任せて。その場で、考えもせずに。」

「フスバルさん、あなたのことは本当にお気の毒に感じますが、申し上げたように、私を誰かと間違っているのです。私はアサヒーロなどではなく、ウィルデュル、ナメル・ウィルデュルです……激しいスポーツも好きではないし、平和な自営業者です……ステロイドなど摂取したことはないと私の下腹を見ればわかりますでしょう？　しかも小学校すら出ていないので、はっきり言って頭も良くはありません。誰でも知っているようなことを知るので精一杯です。最近の警察は有能すぎるだとか。目には目を歯には歯をの法則が有効で、私も私じゃなかったとしても、人を殺すほど愚かな人はいないとか、だいたい有罪は免れられないだろうことも。その償いが……。」

「もちろんそうだろう。お前がクソほどに高い知能を持っていたにもかかわらず、見つかって逮捕されるまでに二時間もかからなかった。だが、さて、ここまでの話、憤怒、憤激にかられたお前のような背格好の男が、後先を考えずに腹立ちまぎれの一撃を放ち、百九十センチメートルくらいしかない小柄なマルレシスのような女性を殺しうる、ということは納得したか？　こういったことが起こるということが想像できるか？」

「そうですね、純粋な可能性についての議論ならば、どんなことも起こりうると思います、というかだいたいは……でもそれをしたとしたら、私は……。」

「おもしろい……お前が話を一貫させられるかどうか試してみようじゃない

か。もしマルレシスを殺したとしたら、お前に何が起こったと思う？　ナメル・ウィルデュル・アサヒーロ。」

「何の疑問がありましょうか、犯罪者なので処刑されていることでしょう。一般的な方法は、瞬間神経系消去です。殺人に対する刑として国内の全ての州で採用され続けているものですよね。痛みはないと言われてはいますが、誰ひとりとしてそれを証明するためにあちら側から戻ってこないのですから、もちろん……。」

「だろう？　続けようじゃないか……これこそ私が知っているアサヒーロだ……死刑を執行されて、だろ？　そう思うか？」

「百パーセントです。私がナメル・ウィルデュルであるというのと同様に。」

「そうだな……もちろんだ。だが結果としてお前は間違っている……そしてそれはお前の本当の名、アサヒーロ、についてだけじゃない。いいか、十二年前に中西連邦州国では死刑が廃止されたのだ。少なくともお前がさっき規定したような死刑に関してはな。神経系消去も薬殺も神経ガスも使われない。狂信的人道主義者の間抜けどもが……。」

「よくわからないのですが……あなたは死刑に賛成してらっしゃるようで、私と立場は違いますが、意見は尊重しますよ。しかしながら、勘違いされているのではないでしょうか。そう昔のことではなく、ホロニュースで恐ろしい連続殺人犯が三回目の殺人の後につかまったという話を聞きましたよ。死刑執行の日取りまで発表していました……つかまってから一ヶ月も経ってないでしょう。現在の裁判制度にいいところがあるとしたら、AIのおかげで全てがずいぶん迅速になったということですね。」

「AIのことは忘れろ……この考えが、元はというとその辺りから出てきただろうことは疑わないがな。そいつらの間抜けな博愛主義のラベルが張ってある。この件の一番素晴らしいところは、実際には死刑が廃止されているが、ある形で、刑は存在しているということだ。お前がその証拠だ。いうなれば、生き証人だな。お前はここにいる。が、それにもかかわらず、刑を執行されて死んでいる。」

「あの、失礼ですが、あなたはバロン・アルトかなにか違法の向神経性幻覚剤を使っているのではないですか。おっしゃることが意味をなしていないので……私は完全に生きていて、見ての通り……。」

「確信を持って言えるか？　アサヒーロ。私が馬鹿げたことばかり言っているように思えるんだろう？　人を生かしつつ殺すことなどできるだろうか？　なにかアイディアはあるか？　頑張れ、頼むよ……お前はずいぶん賢い男だったんだからな……。」

「えぇ、ちょっと、そんなに突然、わかりませんよ……バーチャルな死、とか？　死刑の苦しみを全て味わって、その後生き返らせる……そして、もしその犯罪が実におぞましいものだったら、もしかしたら一度だけでなくもう一度……。」

「悪い考えじゃないな……しかしもちろん、本当に死ぬのだと信じなければ効果がないし、その死は、その定義から導きだされるように、不可逆でなければならない。もし二度目のチャンスがあると知っていたら、人は痛みにも慣れかねない……それを知っていたら私だって。たぶんそれも試されただろうな……だが最終的に採用されたのはその方法ではない。」

「どのようなものだったのですか？」

「よろしい。興味を持ったようだな……だがその警報ボタンを押すために私の気をそらそうなどと考えるなよ、アサヒーロ。ほんの少しだってお前を信用したりはしない。さて……採用されたのは、ある意味、証人の保護と再配置という古典的なプログラムの延長だったわけだ。お前ならどんなものか知っているだろうと思うが？」

「はあ、ホロニュースを見ていますから。あまり詳細までは放送されませんが、それでもだいたい分かります。守るべき証人を整形手術して、新しいＩＤカード、銀行口座、クレジットチップ、仕事、ターボモービル、家を与える。多くは他の町か他の州、その証言で不利益をこうむったものたちがその人を殺そうとしているところから遠くはなれた場所に。新たな機会、背景、新しい物語を、といったものでしょうか……。」

「非常によろしい、驚くばかりだよ、アサヒーロ。」

「ありがとうございます。しかし正直言って、どのようにして法の協力者を守るためのプログラムが変わって……。」

「刑罰の仕組みになるかって？　鋭い指摘だ。だが答えは簡単。そこに条件を二つ足してみよう。ひとつ、犯罪者を秘密裏に管理し……ふたつ、管理下におかれた奴らの記憶を消す。」

「記憶を消す？　それについては聞いたことがあります、兵士の戦争のトラウマを治療するために使われたとか。十年前のブリュッセル戦争のときとか……。」

「その辺りで全てが始まったんだろう、実際のところ……座ってもいいかな？

軽いとはいっても、しばらく持っているとこのクロスボウの重みはこたえてくるし、時が来る前に単なる疲れからお前を殺したくはない……。」

「私にとっては……あなたはお客様で武器を持っている。異を唱えることはありません。」

「そうだな、アサヒーロ……いいか、新しいアイデンティティを与えられた証人たちが、事件に関する記憶をすべて消されるとしよう。証人のトラウマをなくし、新しいアイデンティティに自然にとけこめるようにな。どんなことが起こると思う？」

「とくになにも。彼らは証人保護プログラムで変えられた新しい個人なのでしょう？　この方法が試されたとでもおっしゃりたいのですか？」

「そうだ。実地試験があった。フェニックスやアリゾナだったかな……結果は最悪だった。なぜならこのプログラムは完璧ではないからだ。むしろ、ほとんどうまく行かない。探される証人は常に追跡されている気がして、自身の安全に対して完全なパラノイックになるのだ。新しい人格を持って生活をするが、**以前は他の人格であったことを忘れることなど一瞬たりともできない。**なぜなら、昔のアイデンティティを追って殺し屋が現れても、事件に関する記憶がなければそれに気がつかない。何が起こるかわかるだろう？　アサヒーロ。」

「殺されるでしょうね。なにが起こったのか理解することもなく、ということは……。」

「ま、そういうことだ。そして、証人保護プログラムとして機能しなかったものは、刑罰システムとして機能した。しかもとてもよく！　それからもう一つのシステムの問題は、再配置された証人たちは新しいアイデンティティを信じ込むことができたとしても、隣人たちは……？　そう、殺し屋が計画の糸口をつかむには、ある町で近々に引越してきた奴を調べるだけで十分ということだ。そこで今度は、罪人たちを平穏に服役させるために、一つの地域といわず、町ごと作ってしまおうと考えたわけだ。」

「しかしそれは馬鹿げた話ですよ。あなたはこの地域、この町がそうであるというのですか……?」

「そう。まさにこの地域、この町なのだ。そしてゆくゆくは、数年の間に、この州全体だ。全ては厳密に計画されている。新しく〈中枢神経系ロック〉された奴らが着くたびに、記憶が消されて再プログラムされたあと、集団的記憶を挿入する……思うになんらかの修正や書き直しの作業が、夜寝ている間にでも、なにかしらの方法で行われている。このようにしてその攻撃性をコントロール下に置く……こんな馬鹿げた洗練さ、こんな分別、こんな教育水準をそなえた本物の町の実際の地域などみたことがない……植え付けられた虚構だ、自然ではない。だがなんにせよ、私は技術的な詳細には興味がない。問題はこの驚くべき結果だ。お前ら全員が、服役している怪物たちが、ここに**ずっと前から**いたと信じていることだ。さて、聞かせてくれ、アサヒーロ……いやナメル・ウィルデュル、いままで近所の人たちのことでなにか気になったことはないか?」

「どういったことについてでしょうか？　誰にでも欠点やこだわりがあります……ですがそれが人間というものです。私たちは完璧ではありません、それが人生の理（ことわり）です……けれど怪物ではありません、彼らについては保証しますよ……。」

「それはノーということだな。よろしい。なぜかわかるか？　なぜなら、お前、好紳士アスパル、私の安すぎる肉缶を買おうとして外で団子状になっている客たち、それを売るために私が雇った奴ら、この町じゅう全部……お前たち全ては処刑されているからだ。」

「すみません、お言葉ですが、しかし、私は生きていますよ。」

「半分だけな、厳密に言うと。ナメル・ウィルデュルは確かに生きている。しかし、骨の折れることだが、お前にナメル・ウィルデュルとして生まれたのではないことを思い起こさせ、伝えなければならない。滑稽なほど好ましい、ハエを殺すこともない地元の肉屋……ではなく、マルグル・アサヒーロ、マッチョで暴力的、自信満々……潜在的犯罪者でついに私のマルレシスを殺すことで本物の犯罪者となった。理論的には、マルグルル・アサヒーロが自身の生命で代償を払った犯罪記憶が抹消され、身体は再プログラムの準備が整った空っぽの容器となり、充填(じゅうてん)され……お前になる。」

「失礼ですが……あなたは武器を持っていて、お好きなときに私を殺すことができるかもしれません。だからといって、私に、私ではないとはっきりわかっている人物になることを認めさせることはできませんよ。私はナメル・ウィルデュル、肉屋、父や祖父と同じです。あなたの物語は馬鹿げています。」

「お前の確信っぷりはこのプログラムの成功の最高の証だな。記憶を消され記憶を植え付けられた。処刑されたものの町。国じゅうで最もうまく隠された秘密。生きた死人たちの村。なぜハデス居住区と呼ばないのかね、だろ？　それかゾンビ谷？　この、新しい顔と新しいアイデンティティをもった、ここ数年間に処刑された全てのもの……はなから十年、二十年、三十年くらいじゃ刑務所から出てこられないとわかっている全ての怪物たち……を受け入れる、この場所にはぴったりの名前だと思うがね。政府は、鉄格子のなかの危険な寄生虫たちの維持費から目をそむけたい。かといって刑を執行することの政治的代償にも向き合えない。恐ろしい二者択一だろう？　それというのも犯罪者がいるからだよ、アサヒーロ、野放しにはできない奴らが。どんな再教育、後悔、可能な贖罪も及ばない犯罪者たち、それを犯したものたちは自動的に人権を全て失う。というのも、どんな人も二度と彼らのことを信用できないのだから。だからそのような場合は削除するしかない。わかるかい？　個人を、病んだ器官を消す。『聖書』に、もし右の目なんぢを躓かせば、抉り出して棄てよ、とあるように。」

「フスバルさん、質問してもよろしいでしょうか？　このご講義を用意するのに何時間を費やされたのですか？　もちろん、『聖書』のことはよく知っています。攫われたキリストの第三改革教会のオハラ牧師の合唱隊で歌った……、それは〝もし右の手なんぢを躓かせば、切りて棄てよ〟です。」

「お好きなように……どっちだって同じだ。お前のお説教と演劇性はしまっておけ、聖アサヒーロ……知ってるか？　殺人者の人格を殺して身体を空白にするなんてことは、最悪のことなんかではない、冷静に考えるとな。創意に飛んでいるかという観点からすると、それは確かにおもしろい。システムという観点からすると、再犯を防ぐという段においてはものすごい有効性を示した。見たところ、消された記憶は永遠に消えている。だがこの方法にはアキレスのかかとがある。どんなことか想像できるか？」

「そうですね。あなたのような人ですね。あなたは、あなたのマルレシスの死に十分な代償が払われていないと考えていらっしゃるのではないですか？」

「またまた大当たりだ、アサヒーロ。とてもいい。それなんだよ。痛みの負債。お前は何も思い出さない……だが私は思い出す。もう我慢できない。お前には二度目のチャンスがあることを甘んじてみることはできない……実際に、その上お前は、前よりももっと幸せそうだ。というのもマルグル・アサヒーロは、ずばぬけた運動能力と社会的成功にも関わらず、千年遅く生まれてしまった時代への違和感から免れていなかった。」

「オハラ牧師は、神は時として道をねじれた文章でお書きになるとおっしゃっていますよ、フスバルさん。」

「かもしれん、だが、クソッタレの殺人犯め、言っておくが、私がその薄らバカな書家の許しの神が持っているペンとノートを今すぐぶっ壊してやるよ。お前は苦しまなければならないのだ。私はマルレシスの死がお前の幸せのための代償だなどということは認めない……。」

「それでは、あなたは私を殺すために来たのですか、フスバルさん……それでよろしいでしょうか?」

「ブラボー。素晴らしい推理だ。細かいことだが、殺すためじゃなく、刑を執行するためだ。そこはわずかに違うのだよ。」

「検事、判事、裁判官、そして執行人になれと任命されたのですか? ではどうぞ、イサト・フスバルさん。そうしてください。あなたがおっしゃった言葉は一つも信じていませんが、いいですか？　私はあなたを止めるために指一本動かす気はありませんよ。ただし、言ってもよろしいでしょうか？　あなたは私を殺すとおっしゃった……いや、すみません、私に正義の裁きを下すために……けれども思うに、それは嫉(そね)みからのことですよ。」

「嫉み？　ふざけたことを言うな、アサヒーロ……私がお前の何を羨(うらや)ましがるんだ？　お前が生きているのはもう数秒のことだ。請け合うよ。」

「かもしれませんが、その数秒の間にも、フスバルさん、あなた自身がおっしゃったように、あなたが手にしていないものを持っています。世界中のお金を積んでも買えないもの、平和です。冷静に考えてみてください。どうでしょう。この地域の私たち全ては処刑されたゾンビたちで、死にながら生きるものだとおっしゃる……人殺しの怪物たちだと。**しかしもし私たち自身が何をしたのか覚えていないとしたら**……いやもし、それを思い出したとしても、二度とそんなことはしない、というのもできないからです……自己防衛も含めたすべての攻撃的な衝動が私たちの精神から摘出されていて、あなたの言葉を借りれば、アホらしいほど行儀よく信心深く、ＡＩに制御されたなんらかの不思議な方法で、毎晩寝ている間に再調整されているとしたら……わかりますか？　フスバルさん、私たちがどんなものになっているかを。」

「おっと、こんどは誰が会話の〔主導権を握る〕デモステネスになったんだ？　お前も講義の用意をしていたなんて言うんじゃないだろうな、怪物が。私はこの間抜けな、死を与えない処刑の後にお前らが何になろうかなんてしらないね、クソッタレが。だがお前が教えてくれるんだろう？　お前はその眉間にアイディアがあるんだろう、やってみろよ……私を混乱させて生き延びようというんだろう？」

「そうおっしゃるなら……いいでしょう、私の論を閉じますと、私たちの贖罪、私たちの煉獄（れんごく）は、私たちを今日の中西連邦州国の理想的な市民にしたのですよ。そして明日にはたぶん、世界の……。」

「馬鹿々々しい愚にもつかないことをまくしたてやがって、なにを言っているのかてんで理解できないね、アサヒーロ。理想的な市民？　お前たちが……元殺人犯、児童虐待犯の？」

「まさにそうなのです。考えてみてください、フスバルさん。一匹の犬ないしオオカミが、その親友は、群れのボスは、人間だと思い込んだらどうなったでしょう？　番犬を作りだすには何世紀もの間、家畜化としつけによって成功しました……私たちについては、記憶を消すという奇跡と、毎夜の神経系再プログラムで、成功しています。正直に言ってください。あなたが今一番信用できる人は誰でしょうか？　何かありそうもない奇跡によって戻ってきたとして、マルレシスですか？　雷は同じ場所に二度は落ちないと言いますが、わかりませんよ……しかし慎重にこの件を吟味してください。すると他の誰よりも、私や私のようなものが最も安全な候補者だとわかるでしょう。屋台売りの攻撃性、ベッドのなかのセクシーな振る舞いといったちょっとした犯罪の香りを探してみても……多分にしてないでしょう、決断や独自の考えを含むようなものはなにもない。けれども信頼性については……お尋ねしますが、このものすごい人口を抱える世界のなかで、明日の理想的な市民となるための条件を私たち以上に持っている人などいますでしょうか？　熱くならず、コントロールされ、ヒステリックな怒りを爆発させることもなく、何億というそっくりさんが繁殖する個人的な大集団という、人口が密集し悪臭漂う蜂の巣のなかでの代替の人生に耐えることができる……。」

「ええい……動くな、なかなかの雄弁だ、だが態度に気をつけろ……今も私は武器を持っていて、いつでも毒矢を放つことができるんだからな、アサヒーロ。」

「いいえ、フスバルさん。あなたは**できません**。それが一番あなたの癇に障るところです。**あなたは無力なのです**。そしてそのことを知っています。アサヒーロを殺すことはできない。なぜならアサヒーロは**すでに死んでいる**から。この私が犯していない犯罪について、私に借りを返すことはできないのです。さらに悪いことには、もし今私を殺したとしたら、もしナメル・ウィルデュルを殺したら……どうなるかわかりますか？　立ち止まって考えたことはありますか？」

「そんなことは知らんし興味もない、お前を殺すだけだ、お前を永遠に消す……。」

「それでは私を殺してください、フスバルさん。けれど一つだけ考えに入れてください……さて、もしあなたが言ったこと全てが真実だとして、この町が処刑されたものの町で、私たちの過去は毎夜書きかえられているなら……あなたが出て行くのを見かけたアスパルさんや、ずいぶん親切にも私たちの地域に贈ろうとなさった肉の缶詰の存在に泡を食っている皆や、あなたの雇った売り子までが、あなたの友人になろうと手招いていますよ……数分以内にね。私を殺すことで、あなたは過去の私のようになる……そして全財産を積もうとも法には逆らえない、でしょう？　ということで、まさにここに、来ることになるでしょう……あなたも、彼らのだれも、なにも覚えておらず、今の私のかわりにいる肉屋は、前からここにいたわけではないなどと考えることもなく。さらには同じくナメル・ウィルデュルと呼ばれるかもしれない、わかりますか？　そして、それはあなた自身である可能性もあるのではないでしょうか？　私を殺しながら、私に新たな肉体を与えることになります。そして全ては前と変わらず続くでしょう。この皮肉な事態については考えましたか？」

「クソッ、私を混乱させるな、お前のようにはならん。決してお前のようには。死んだ方がましだ……お前を殺し、それから自殺する……。」

「聖書によると、フスバルさん、自殺もまた殺人なのですよ……あなたは罪を信じますか？　そうだ、どちらの宗派に所属していますか？　最近、罪の告白はしましたか？」

「目には目を、歯には歯を……。」

「同罪の刑は適用されません。わかりますか？　あなたが何を言おうとも、**私はあなたのマルレシスを殺した人間ではない**という事実は少しも変わらないのです……。」

「クソ野郎が。怪物が。お前は……私は戻ってくるぞ、考える必要がある、負けはしない……論拠を見つけ、お前を上告してやる……。」

「フスバルさん、そんな風に行ってしまうのですか？　何も買わずに？　おっと、そしてあなたのクロスボウをお忘れになっている……お高いに違いありません。」

「……。」

「こんにちは、ウィルデュルさん。すごい暑さね。」

「そうですね、ガルバトールさん……恐ろしい暑さです。ひ孫さんはいかがですか？　いつものでよろしいですか？」

「もちろんよ、燻製のやつね。私のリエティーはだいぶ元気になったわよ。あのね、昨日ついに出産したの……女の子よ。あら、何このクロスボウは、ウィルデュルさん。いまさら中世文化にノスタルジーを感じたなんてこと言わないでよ。」

「いえ、奥様……忘れ物ですよ……お客様の。この辺りをうろついていたあの男ですよ。そう、フスバルといいます、イサト・フスバル。でも実際、これを探しに戻ってくると思いますよ……そのうちに。」

「フスバル？　イサト？　知らないわね。何か買った？」

「いいえ、他所(よそ)の方ですよ。むしろ、私に売っていきました……中国製フリーズドライの肉の缶詰をね。」

「ああ、覚えてるわ、もう何年もみてないけど……まだあります？　ひと財産かかるだろうけど……。」

「実際、かなり高いですよ……でも、すみません、もう全て売ってしまいました……売り上げへのいい刺激になりました。考えてみてくださいよ、厳しい時代ですし、悪いことはないでしょう？　どうぞ、ガルバトールさん、ソーセージです。読み取り機の上に手をかざしてください……はいどうも。で、すみません、もうひいひいおばあちゃんになったんですって？　興味本位ですが、玄孫(やしゃご)さんのお名前は？　今風の名前というのは……。」

「知らぬふりはよしてくださいよ、ウィルデュルさん。あなたが選んでくださったように、マルレシスよ。マルレシス・アサヒーロ。父親の名字だから。リエティーはとっても感謝しているわよ、知りませんでしたの？　もう言ったと思いますけど。だってあなたが薦めてくださらなかったら、あんなに熱心に引き合わせようとしてくださらなかったら、きっと彼のことなど全く気に留めなかったでしょうね。近頃の若い人たちは一日じゅうバーチャルリアリティーとじゃれ合っていて、外へ遊びに出る時間もないんですからね。だから次の子どもについてもあなたの案を採用すると思うわ、男の子だったら、マルグルにするの。マルグル・アサヒーロ、でしょ？　いいじゃない？」

「率直に言って、ガルバトールさん……私のアイディアだからというわけではなく、いい響きですよ。とてもいい、本当に……。」

＊＊＊

ラス・ベインテ・コロニアス（二十植民地）や、アパッチ・モンゴル連邦に隣接する中西連邦州国の境界線あたりに未公開の社会実験として造られたある都市が、意図せずに、時間を欺くのに成功したと言われている。

他のどのような都市よりも、そこの日常は型にはまっている。それは住人が常に最低数に保たれているからだ。誰も気づかないままに、その多くは毎日入れ替わっているとしても……というのも、彼らは住人というより、終わりなき演劇のなかで、他人の書いた台本をなぞる永遠のロールプレイングゲームの役者なのだ。彼らにとってはそれが本物の生活であるとしても。

誰かが死んでも止むことのない、大舞台上で行われる一連の行動。厳密には、全員が前もって死んでいるのである。

このような場所は存在するかもしれないし、しないかもしれない。それは重要なことだろうか？

より大切なのは、この存在の、ぞっとするような可能性を想像することだ。

時のない都市は、ひいき目に見ずとも、たくさんの名誉ある独創的な名を持ちえる。ハデス居住区やゾンビ谷以外にも、ポストモルテム。セカンドリブ・シティ。アプレモール・ヴィル。チッタ・ドーポイルボイヤ。けれども、そんな名はついていない。もし存在するとしたら人口は少ないに違いないし、もちろんのこと、住民は自らが住んでいる場所がどれほど特別かなどと考えることもない。そのこと自体が彼らの最高の番人であり、彼らの都市を時の流れから守っている。

名前は重要ではない。とてもありふれたものだ。しかしそこを探したりはしない方がいいだろう。好奇心旺盛な旅人よ。長く、徒労の、虚しい、探求になるだろう。その都市を何度も通り過ぎることになる可能性は高い。その眼前を、普通の村々や田舎町との違いに気づかぬまま。

それでももし君の好奇心があまりに大きいのなら、助言をしよう。青い鳥の物語を覚えているかい？　長く、うんざりするような遍歴の旅に出立する前に、深呼吸をして、君の周囲を眺めてみたらいい。じっくりと、君が生まれ育った、もしかしたら息を引き取るだろう町を吟味してみたらいい。

君の過去、常に君がそうだったと信じているものを、吟味してみたらいい。

そして、君自身に真正直に答えてくれ。

君はその見た目どおりの人物だと、百パーセントの自信を持って言えるのか？

なぜ君の町が、時のない都市ではないと、君は住人であり、普遍の役者、処刑囚の一人ではないと言えるのか？

二〇一一年十月四日

訳者あとがき

本書は、キューバで二〇〇九年に出版された短編集『キメラなど存在しない』(*LAS QUIMERAS NO EXISTEN*. Ediciones Extramuros, La Habana 2009)に、著者ジョシュが一番得意とするSFの作品から「時のない都市」を選び加えたものだ。ジョシュはキューバの人気作家で、国内外で多くの文学賞を受賞している。二〇一二年にキューバの首都ハバナを訪れた際には、訳者がもっていた底本を見て、宿のお母さんまでが「ずっと気になっていたのよ!」と言って読みはじめた。こんなに人気のある作家の作品をぜひ日本でも紹介したいと考えていると、幸運なことに、日本では無名であっても物語がよければ出版するという気概を持った編集者、津田さんに巡り会うことができた。

乳飲み子をあやしながら、のろのろと翻訳を進めている間に、キューバとアメリカ合衆国の関係が好転しつつあるというニュースが流れてきた。キューバに詳しくない人たちのために念を押すと、そう、この二国はとても仲が悪かったのだ。仲が悪いだけでなく、その地理的な状況と政治的な理由から互いに過剰なまでに牽制し合い、また自分に足りないものを渇望するがごとく求め合っているとも見える。本書にもヤンキーだとか、アメリカ合衆国へ亡命した元キューバ人に対する軽蔑を込めた呼称としてのイモムシなどという単語が散見される。けれどもこうした強い言葉も大抵は「いやよいやよも好きのうち」という雰囲気をまとうか、もはや決まり文句として何の毒ももたなくなっているようだ。

昨年の秋には、ジョシュ初めての英訳書『賃貸しされる星』がアメリカ合衆国で出版されたという知らせも届いた。彼自身が語るには、この本は一九九五年から一九九七年という「特別な時代」の真っ盛りに、革命政府への怒りと失望から書かれ、二〇〇一年にスペインで出版され、二〇一一年にフランスで出版されたけれど、未だキューバでは日の目を見ていないということだ。こんな出来事からも、キューバ国内では革命政府に都合の悪い本は出版されないのだということや、アメリカ合衆国ではそういう本に限って出版されるという現実を知ることができる。

キューバにもアメリカ合衆国にもいろんな人がいるけれど、ジョシュはこんな二国間の状況をどう思っているのだろうか。何度となく警察に注意されてもロックンロールな格好をやめず、スペインのパスポートを持ちながらもキューバに住み続けている彼の答えは、本書に収録された作品のなかでは例えば「バイクとユニコーン」から読み取れるかもしれない。これはアメリカ合衆国の象徴でもある白頭鷲のエンブレムをつけたハーレーのバイクと、資本主義経済的な思想の単一化が進みつつある世界のなかでぽっかりと別次元に浮かんでいるかのような「理想」の国キューバを表すユニコーンとの恋愛物語としても読めるのだ。

こんなにも近くで見つめ合いながら、互いに相容れない世界秩序の中にいる。互いに憧れを抱きつつも、手を取り合って生きることができない二つの国は、どうすればよいのだろうか。なにか別の次元で、幸せになれないだろうか。目標がはっきりしていれば、手段は後からついてくるもの。諦めずに思い続ければみんなが幸せになれる世界を作り上げることができるはずだ。そんな風に、優しく熱い心の持ち主のジョシュは語っているような気がする。

カリブ海沿岸地方の作家としての例に漏れず、彼が書く物語には、人間と人生への愛があふれている。「トラ猫」のアルバリンとアイーダの掛け合いに見られるような登場人物の細やかな感情の表現は、彼の作品の魅力のひとつだ。他にも彼の美点は沢山あげることができる。例えば、特に「生ける海」にみられるような、恐ろしいほどの趣味としての有機的な博学や、「キメラなど存在しない」に特徴的な、多岐に渡ってくり広げられる連想妄想の豊かさは、脳みそをマッサージされているような、快いシナプスのストレッチを読者に与えてくれるだろう。

さて、先に言及したように、これらの作品の背景になっているキューバの九〇年代は、一般的に「特別な時代」と呼ばれている。日本から地理的にも文化的にもだいぶ遠い社会のなかで、さらに特殊な状況を前提としているのだ。だから誰でも作品をすんなりと読み進められるように、ここで少し解説めいたこともしておこう。

現在のキューバの国家体制は、一九五九年のキューバ革命以降構築されてきたものだ。キューバ革命というのは、フィデル・カストロやチェ・ゲバラたちが、フルヘンシオ・バチスタを政権から追い落とした事件のこと。このバチスタというのは、アメリカ合衆国でカジノを経営して金と力を蓄えて後ろ盾をつくり、軍事クーデターを起こして政権を掌握していた。この経歴から何となく想像できるように、バチスタ政権下ではアメリカ合衆国などの企業や資本家がキューバで好きなことをやっていた。国内では貧富の差が激しくなり、農民や労働者の多くがバチスタ独裁政権に不満を持っていたことが、フィデルたちの革命を成功させる大きな要因だったとされている。

そこで一九六〇年には、フィデルたちの革命政権が外国企業の財産を国民に戻すべく差し押さえはじめた。もちろんアメリカ合衆国の金持ちたちは怒って、アメリカ合衆国とキューバの国同士の仲も悪くなる。外資系企業との関わりで稼いでいた金持ちのキューバ人たちも、自分の財産を取り上げられたくないから国外へ逃げ出す。そんなこんなで、二国間の不仲と亡命者の問題が始まった。

六〇年代はアメリカ合衆国陣営とソビエト連邦陣営のどちらかにつかなければならない雰囲気が地球上の人間社会に充満していた冷戦まっただなかで、アメリカ合衆国から敵視されたキューバはソ連側につくことになる。それから後のキューバは、燃料や化学薬品など多くのものをソ連からの輸入に頼り、自国内の生産物だけで生活していくのは不可能な状態になっていた。

そして一九九一年、すでに他の国の面倒までみられなくなっていたソ連は、崩壊した。キューバ国内は絶対的に物品が不足し、一般的に「特別な時代」と呼ばれる期間が始まる。食べるものの着るものもない、と簡単に言っても、現代の日本に生まれ育ったわたしたちにはどう生活したらいいのか、想像もつかない状況だったようだ。スペインの新聞『エル・パイス』によると、一九九三年当時、キューバ政府は国民の栄養不足を補うために、サツマイモの葉やバナナの皮を使った、スウィートポテトリーフサラダ、マッシュドバナナピールなどのレシピを紹介している。

当時の状況を包み隠さず執筆しているという評判のペドロ・フアン・グティエレスの『汚い三部作』などを読むと、生活が困窮を極めた九四年から九五年にかけてはこうしたものでも思うように手に入れられるのは幸運な部類に入ったようだ。食糧の自給もできず、産業も育っていなかった当時のキューバでは、多くの人たちが仕事もなく、お金もなく、そもそも買うものもないという状況に陥った。電気も水道も機能しない状態で長いことトイレを流すことができなかったため、大の大人がなんのためらいもなく部屋のなかで紙の上に大便をして自分のアパートの中庭や隣のアパートの壁に向かって投げつけるようになる。そしてもはや文句を言う人もいない。熱帯気候のキューバで当時の彼らはどんな臭いのなかで生きていたのだろうか。

こんな生活に我慢ができない人たちは、なんとかしてアメリカ合衆国に亡命しようとする。革命政府に賛成しようが反対しようが、背に腹はかえられない。九四年には何万という人たちが、ハバナからメキシコ湾を渡ってマイアミを目指した。アンテナさえあればテレビ放送が届くほどハバナとマイアミは近く、豊かなアメリカ合衆国の生活が垣間みられたのだ。アメリカ合衆国はどんなものであれ対キューバの輸出を禁止していた（いる）ので、アディダスやリーボックは憧れの的だったに違いない。

そして当時のアメリカ合衆国は、敵国キューバからの経済難民を政治亡命者として特別扱いして簡単に市民権を与えていたので、キューバ人はとにかく向こう岸に辿り着けば物にあふれた都市で新たな生活ができるとみんな信じていた。そして多くの人が実際にお金を得て、家族に仕送りをしていた。ペソと呼ばれる国内の通貨と、アメリカ合衆国のドルの価値は雲泥の差だ。

こうした誘惑を前に、タイヤのチューブなど有り合わせのものに乗ってほとんど泳ぐようにして出て行く人も後を絶たず、「トラ猫」のアルバリンの父親のように鮫に喰われたり、「生ける海」のセバスチアンのように臨死体験をした人もいた。ちなみに、これら無茶な航海をした人たちの呼称、バルセロ（balsero）という単語は、原文ではボートピープルと区別して使われている。本書では日本での通称どおりにボートピープルと訳したけれど、彼らの乗っていたのはボートなどと呼べる代物ではなく、素人手製のイカダというのがせいぜいだった。

そんな状態が続き、あまりに多くのキューバ人が亡命してきたためにアメリカ合衆国側も全てを受け入れることが難しくなると、キューバ政府とアメリカ合衆国政府は取り決めをして、正式にアメリカ合衆国に渡れるビザを発行する人数を制限することになった。そしてみんなが喉から手が出るほど欲しがっているビザは、「移民くじ」に当たらないと手に入らなくなったということだ。

こうした状況を打開するために、政府は外国の資本を呼び込み、観光を柱に経済を立て直そうとした。結果として、外貨の獲得にはある程度成功したものの、国内の経済格差や新たな問題も発生した。例えば、観光客から少しでもドルをむしり取るために女も男も売春に走り、外国籍がほしくて外国人と結婚したがった。「トラ猫」のアイーダがその日の食べ物を得るために売春をしなければならなかったり、ジャッセルの母親がデブでハゲのカナダ人と結婚したように。このあたりの時代背景は、『苺とチョコレート』など多くのキューバ映画にも見ることができる。

　アイーダが行った儀式やセバスチアンが何度か祈りの対象にした神についても触れておこう。話はキューバ革命よりもさらに時間軸を遡って、一四九二年にコロンブスがアメリカ大陸に到達しスペインの植民地として搾取し始めたあたりから始まることになる。いまキューバと呼ばれている地域の島にいた原住民たちは、コロンブスらによる暴力や彼らが持ち込んだ疫病によってほとんどみんな死に絶えてしまった。すると当時のスペイン人たちは、彼らのかわりに働かせようと、アフリカから大勢の人たちをさらって連れてきた。

　こうして現在のキューバにはスペイン系白人とともに沢山のアフリカ系黒人が住んでいる。彼ら黒人を中心として広く信仰されているのが、アフリカ起源のサンテリアという宗教だ。本文中に登場する、オチュン、オルーラ、オバタラ、シャンゴー、イェマヤなどというのは全てサンテリアの、それぞれ別の性格付けをされた神とか精霊の名で、総称としてオリシャと呼ばれる。

　この十五世紀から続いてきた植民地支配も時代遅れとなり、一八六八年から始まるキューバのスペインからの独立戦争に際して活躍したのが、マチェテと呼ばれる農作業用の大振りなナタをトレードマークとしたマキシモ・ゴメス将軍だ。彼はドミニカ出身だけれども、キューバ独立の指導者のひとりとしてハバナ市街に立派な銅像がたち、今でも尊敬されている。

さて、そろそろ、ジョシュが生きる現在に話を戻そう。ここに収録した短編は多くが日常を舞台にしていて、決してペダンティックなものでも実験的でもない。にもかかわらず、文中に割注を入れてあとがきでいくら解説をしても間に合わないくらい、多岐にわたった歴史的文化的言及がある。これはもちろん、ジョシュが特別に読書家でものを知ること自体が楽しいという部類の人間であるからだけれど、「音楽と踊りの楽園、南の島キューバ」は一般的にも高い文字文化水準を誇っていることを指摘しておきたい。

アレホ・カルペンティエルやホセ・レサマ＝リマ、ビルヒリオ・ピニェーラほか層の厚い重鎮作家がいて、レイナルド・アレナスなど次の世代の作家も十分な世界的評価がある。読者側も驚くほど層が厚い。革命政府は医療や教育を無償化し、識字運動を進め、いま国民の識字率はほぼ百パーセントだ。一方で、情報統制もあるし、人工衛星をもたないし、アメリカ合衆国と仲が悪かったので、一般的にインターネットはほとんど機能していない（二〇一五年に入ってとたんに状況が改善されたようだけれど）。テレビゲームも値段が高く、持っている人は多くない。だから相対的な問題だろうか、本を読むことも情報を得ること自体も、訳者の見る限りでは日本と比べて格段に高いレベルで、娯楽として通用している。自分の人生を楽しむことから、ミュージシャンやダンサーが生まれるのと同じようにして、作家や映画監督が生まれている。

二〇一一年にフィデル・カストロが政権を弟のラウル・カストロに譲ってからだんだんと、キューバは情報的にも国際的にも開けてきている。この先キューバの人たちはどんなことを楽しいと感じて生きるようになるのか。それによって文化的なあらわれも変わるのだろう。ともかくいまのところ、キューバには豊潤な文化的可能性が満ちている。この本が、日本からキューバに向けた文化的探索のためのひとつの覗き穴になってくれることを願いつつ、そろそろパソコンを閉じることにする。

見田悠子

二〇一五年六月二十七日

［著者について］

ジョシュ

一九六九年キューバの首都ハバナ生まれ。一九九一年ハバナ大学生物学部卒業。主にSFやファンタジー、リアリズムの短編を執筆し、エッセイや評論の分野でも活躍する。ダビッド賞SF部門（一九八八、キューバ）をはじめとする国内での文学賞に加え、UPC賞SF短編部門（二〇〇三、スペイン）など国外でも多くの賞を得ている。

［訳者について］

見田悠子（みたゆうこ）

東京大学大学院現代文芸論研究室博士課程在学。ラテンアメリカ文学を研究している。学術振興会特別研究員。

はじめて出逢う世界のおはなし
バイクとユニコーン

2015年9月16日　第1刷発行

著者
ジョシュ

訳者
見田悠子

発行者
田邊紀美恵

発行所
東宣出版
東京都千代田区九段北1-7-8　郵便番号102-0073
電話(03)3263-0997

編集
有限会社鴨南カンパニ

印刷所
亜細亜印刷株式会社

乱丁・落丁本は、小社までご送付ください。
送料小社負担にてお取り替えいたします。

ISBN978-4-88588-086-5　C0097